U0920407

芊芊
吃饭!
三分

便利店

你是这世界，写给我的情书2

里灰　著

CNS PUBLISHING & MEDIA 中南出版传媒
湖南文艺出版社
HUNAN LITERATURE AND ART PUBLISHING HOUSE

图书在版编目（CIP）数据

你是这世界，写给我的情书. 2 / 里灰著. -- 长沙 : 湖南文艺出版社, 2021.4
ISBN 978-7-5726-0128-6

Ⅰ. ①你… Ⅱ. ①里… Ⅲ. ①长篇小说 - 中国 - 当代 Ⅳ. ①I247.5

中国版本图书馆CIP数据核字(2021)第057722号

NI SHI ZHE SHIJIE,XIE GEI WO DE QINGSHU 2

你是这世界，写给我的情书 2

作　　者：里　灰
出 版 人：曾赛丰
责任编辑：李　阔
策划编辑：梁　洁　黄香春
特约编辑：邹学欢
装帧设计：周艳芳
封面绘画：喝可乐鸡翅
出版发行：湖南文艺出版社
（长沙市雨花区东二环一段508号 邮编：410014）
网　　址：www.hnwy.net
印　　刷：北京盛通印刷股份有限公司
经　　销：新华书店
开　　本：130 mm × 190 mm 1/32
字　　数：118千字
印　　张：6.5
版　　次：2021年4月第1版
印　　次：2021年4月第1次印刷
书　　号：ISBN 978-7-5726-0128-6
定　　价：39.80元

自　　序

我叫李辉，有个比自己小 14 岁的妹妹，叫李芊卉。

每次向别人这么介绍的时候，我就打心底觉得幸福。

一是因为我有一个妹妹。

二是因为我的妹妹是芊卉。

我还有个可爱幽默的妈妈，她给自己取了个英文名，叫 Vivian，译成中文——薇薇安。

洋气不?

她其实就是一个普普通通的中年肥妞，但挤对起我来却是才华横溢。

就好像我不是亲生的。

据说当年，我才两岁，有人想用苏州三套房来换我，她没同意。

后来我长大了，有次她喝醉了，后悔得嚎啕大哭。

我妈很爱我。

我妈很爱我。

我妈很爱我。

我要经常这样给自己洗脑，不然日子没法儿过。

提到了妹妹和妈妈，就不得不提爸爸。

我爸对我和我妹来说，是一个无比严厉的父亲，但对我妈，他却是一个浪漫的老公。

我和我爸之间虽然一直都有隔阂，也经常爆发冲突，但一点都不影响我爱他。

我们是一个幸福的四口之家。

最后，斟酌再三，还是要告诉大家，我是一个抑郁症患者，一是因为大家不知道这点可能看不懂我书里的情绪，二是想给和我一样的朋友一些力量。

不知该再说些什么了，那就请往后翻吧。

希望那些温暖过我的瞬间，也可以温暖你。

希望你快乐。

目　录

Part 1

生活很美好，有可爱的妹妹

小学生放暑假的那天下午，我妈去接我妹放学。

我支开躺椅在小区的凉亭里乘凉。

凉亭里有很多小孩，一直在聊季节。

然后我就莫名其妙地在嘴里念叨：“春天过了是夏天，夏天过了是秋天，秋天过了是冬天，冬天过了是春天，春天过了是夏天……”

我妹突然一把捂住我的眼睛大笑着说：“错，春天过了是我！”

我反手捏着她胖嘟嘟的脸蛋，开心地说：“好啊，春天过了是你。”

“好啊，春天过了是你。”

我很喜欢牵着她的小手到处溜达，像牵着一个小精灵一样，春天去看油菜花，夏天吃各种口味的冰激凌，秋天去逛夜市，冬天带她去有雪的城市看雪。

生活很美好，有春夏秋冬，有可爱的妹妹。

1

在牛肉铺买肉，想抓肉来着，一把抓刀上去了，手被划了个大口子，缝了几针。

后来换药嫌麻烦，就没去医院，在家让我妈给我换。

有次我妈给我换药，看着我的伤口说："这医生怎么给缝得这么难看，我用脚都缝得比这个好看。芊卉，你过来看看你哥这伤口缝得丑不丑？"

我妹坐着一动不动。

我妈："过来看看呀。"

我妹难过地摇了摇头说："我不看，我看了会心疼。"

2

我不知道是不是所有的抑郁症患者都很难面对起床，确切地说，是从梦里苏醒。

反正我是很难面对，每次醒来都很痛苦，就觉得：啊，我怎么还活着，我怎么又来到了这个灰蒙蒙的世界。

有次我妹问："哥哥，为什么每次你睡醒了都不开心？"

我："因为我不喜欢这个世界，我更喜欢梦里的那个世界。"

她没再说话，好像是没听懂。

第二天上午，我如往常一样，痛苦地睁开眼——和往常不同的是，我看见我妹可爱的小脸蛋正冲我甜甜地笑。

我：“你怎么睡这儿了？”

她笑着说：“我来接你来到这个世界。”

我突然就好开心啊。

我妹总让我给她扎头发。

有次我妈在网上看见小女孩自己扎头发的视频，就拿给我妹看，说：“你看看人家，再看看你，总让哥哥给你扎头发！”

我妹很不屑地说：“嘁，她又没有哥哥。”

我：“哼，就是就是。”

某天晚上，我们在楼下乘凉聊天，我妹非要坐到我的电动车上去玩，我吓唬她：“万一摔倒了，那可真疼啊，眼泪都得哭干。”

她说：“我才不会哭，我连打针都不哭你不知道吗，我可坚强了。”

然后她就跑上去坐了。

她刚坐上去，不一会儿，突然飞来一只蝙蝠，翅膀卡在了车头的刹车线里，扑腾着。

我妹吓得哇哇哭，赶紧跑了下来，跑到了我妈怀里。

我狂笑："哈哈哈，你不是很坚强的吗？哈哈哈，李坚强怎么啦？哈哈哈……"

她哭得满脸眼泪，突然凶我说："你还笑，你给我过来！"

我一愣，竟然当众凶我，旁边好多邻居呢，我尴尬地红着脸走了过去："干吗？"

她抽抽嗒嗒地说："摸摸我的头。"

⑤

每次我妹让我给她扎头发，我只要一怠慢，我爸就在旁边说："你好好珍惜吧，等她以后嫁人了，你想帮还轮不到你呢。"

我："你说这个我没感觉，她嫁人还早呢。"

有一次我在手机上下象棋，我妹来找我扎头发，我低着头说："你自己扎一下，我正在激战。"

我"大战三百回"，终于赢了，一抬头看见她披头散发地站在门口，我："你站门口干吗？"

她气得满脸通红："我要去嫁人啦！"

我："好好好，求你别嫁！我帮你扎，我帮你扎……"

小姨家的三岁小姨弟看谁不爽就冲谁吐口水，不禁让我想起我妹很小的时候。

那时候她还是襁褓中的婴儿，抱她出去玩，几乎每个抱她的人都要亲她，我就反感别人亲她，都是口水，就很恶心。

所以那时候我只要抱我妹出门，就先把她的小脸蛋各处都亲一遍。

出了门谁要亲我妹，我就跑上去说："哎哎哎，不能亲，到处我都亲过了，不信你闻闻。"

嗯，心疼口水味的芊卉妹妹一秒。

骑电动车带我妹买菜，买好菜从菜市场出来，到小区门口时，我骑车紧跟在一辆小汽车后面，门卫没看见我，我完全走神了，等我妹在我背后用手紧紧捂着我的头时，我才反应过来，放行杠差点砸到我的头，吓得我头皮发麻，浑身冒汗，多亏门卫大叔反应快，不然放行杠肯定就砸到我妹胳膊上，然后会撞到她脸上。

害怕之余，我也意外。

为什么意外，因为我觉得人遇到危险，第一反应应该是自保，我妹却伸手护着我的头。

以前看《仙剑奇侠传三》，我受剧情影响，很长一段时间都在很痛苦地琢磨一个问题，如果大魔王把我抓住说："你妈和你只能活一个，你选一个！"

我痛苦地想了很久，最后的答案是选我自己。

后来上大学又读了很多哲学书，我明白了，人性就是自私的。

所以我诧异极了，在那一瞬间，我妹选择护着我的头。

过了那个放行杠，我一身冷汗地问她："你刚才不怕吗？"

她："我的妈呀，我吓死了。"

我：“你吓死了为什么还来护着我的头？还不赶紧把头缩起来！”

她：“我也不知道。”

我：“那如果再来一次呢？你还护着我的头吗？”

她：“护。”

我：“那要是你的手会断呢？”

她：“我的手真的会断吗？”

我：“会啊，你的手那么嫩，那么脆弱。”

她：“那我也护，断了一只手，我还有一只，我要保护你的头。”

我：“你刚才两只手一起护我的，你另一个胳膊也会断。”

她：“那我两个胳膊都没有了？”

我：“对啊，怕不怕，还敢吗？还会护着我的头吗？”

她长长叹了口气：“唉。”

就没再说话。

我也没再问，便骑车走了。

过了一会儿，她趴在我背上说：“哥哥，我会。”

我差点要掉眼泪。

回到家，我妈在看电视，我妹不知不觉就挤到我妈怀里，趴在我妈肩膀上，不一会儿就一抽一抽地抽泣起来。

我妈问她，她什么也不说，就不停地流泪。

我妈怪我没带好她，把她吓哭了。

曾有朋友问我：“做芊卉的哥哥是什么感觉？”

我想了想，答：“原来这世上真的有人比我还要爱我。”

我想明天就长大

①

我妹四岁那会儿，每次我准备跟朋友出去玩，我妹就过来搂着我的脖子，可怜兮兮地掉眼泪。

然后我就拼命哄她，有次哄得很有效，她竟然问我：“那，那你什么时候回来？”

我笑着说：“当你想我的时候，嗯，当你想我想得受不了的时候，我立马回来，好不好？”

我妈在旁边笑：“她个小孩知道什么叫想你想得受不了啊，你竟骗人家。”

我：“哈哈哈，就因为她不知道才这么说的啊。”

然后我就飞奔下楼了。

一下楼就激动地冲兄弟们大叫：“Let's go!go!go!”

然后没走几步，就听见我妹（趴在窗户上）哭着喊我：“锅锅（哥哥），我香（想）你香（想）得受不了啦。”

我的天，可怜兮兮的哭腔加上可爱口音，心都要化成水了。

哥几个莫名其妙很激动地踹我，一脚一个字：“你！赶！紧！给！我！滚！上！去！滚，滚，滚，快！”

我就这样一直被踹到了楼梯口。

②

我买衣服，带我妹去给我掌眼。

我试衣服时，她坐旁边发呆，很无聊很煎熬的样子。

每次我出来问她：“好看吧？”

她都很痛苦似的说：“好看。”

后来我就不问了，哈哈，太敷衍我，也不忍心她受煎熬，就草草买了一件。

结账时，她突然来了精神，跑过来问服务员小姐姐：“姐姐，我哥哥穿这个衣服会不会冷？”

小姐姐笑着说：“不会啊，你摸摸看多厚。”

她小手摸了半天说：“我哥哥在这儿，不会跑，我穿到大门口去试试行不行？”

我：“……”

然后她就穿着我的衣服出去了，一直走到商场外面……

服务员小姐姐一直笑。

过了会儿，她像企鹅似的挪回来了，说：“嗯，挺暖和的，就这件吧。”

③

我生日那天，我妹刚好有舞蹈演出。我喝多了，就早早睡了。

她跳完舞回来，到家时才九点多，得知我睡了，不敢相信地走进我卧室，看了我半天，最后趴在我床头唱了起来：“祝哥哥生日快乐，祝哥哥生日快乐，祝哥哥生日快乐，祝哥哥生日快乐。”

我当时是没有意识的，我妈跟我说，听起来很像：“猪哥哥生日快乐，猪哥哥生日快乐……”

第二天她放学时，我正在组装桌子。

她一进门就说：“哥哥，过来，我要把生日礼物补给你。”

我满心期待地走过去问：“什么生日礼物啊？”

她：“你蹲下。”

我蹲下。

她在我脸上亲了一口，声音很大。

这，这也太敷衍了吧，我内心翻了个巨大的白眼。

她又神秘地说：“告诉你哦，我已经给你准备好了明年的生日礼物。”

我心想：哦？良心上过不去啦？所以提前准备了明年的？

我问：“什么礼物啊？”

她：“说出来就没有惊喜啦，哥！”

我：“没事没事，你说吧，虽然没有惊喜了，但我可以提前喜悦一下啊。”

她：“那好吧。”

我：“嗯，到底是啥？”

她又在我另一侧脸颊上亲了一口。

我：“……”

她：“喜悦吧？”

我假笑：“好喜悦。”

4

某周末起床，刷完牙我就出去吃饭了。

我妈：“你洗脸了吗？”

我：“女朋友又不在，我洗什么脸？”

我妹：“妹妹在，乖，去洗脸。”

我：“哦。”

5

我嘴里常生溃疡，我妹听我妈说橘子白筋可以清火，每次家里买来橘子她就全剥了，精心挑出一小碗橘子白筋给我，说：“哥哥，吃橘子筋，就不会上火了。”

我每次吃完都说：“神奇，好多了，不疼了！”

有次她问我：“那你的抑郁症会好吗？”

我妈在旁边脱口说：“怎么可能好，都多少年了。”

我妹转脸看了我妈一眼，又看我，撇着嘴要哭。

我：“会好的。”

她：“那你什么时候好？”

我：“等你长大我就好了。”

她没再说话。

然后就吃晚饭了，她一直低头扒米饭，胃口很好的样子。

我抓住她的筷子说：“你吃慢点，吃那么快干吗？对胃不好！”

她抬头嘴一撇，眼泪哗哗洒：“我想明天就长大。”

6

我妹终于到了七岁八岁狗都嫌的年纪。

我忙着毕业那阵，很少给我打电话的老爸，专门给我打了电话，吐槽我妹：“你小妹越来越讨厌了，张嘴闭嘴就是抬杠，学习一点都不上心，说她还不听！”

我全程哈哈笑。

我爸：“等你回来就知道了，气死个人！”

后来我回家，发现我妹确实挺爱抬杠的，无逻辑地抬杠，为了抬杠而抬杠，有时候还把握不住边界，难怪我爸会生气。

有次我爸被气得脸红，恶狠狠地冲我妹发火：“你看你都跟谁学的！越来越讨厌，你说你讨不讨厌？”

“讨厌”这个词，用我爸那种语气说出来，太重了。

这是我妹第一次被家人讨厌。

她站在旁边小脸通红，难过到不知所措。

我走向她说：“讨厌，真讨厌！”然后蹲下来抱着她，在她红红的脸蛋上使劲嘬了一口，“可我还是很喜欢怎么办啊！”

我妹紧紧搂着我脖子趴在我肩上，一动不动。我就把她抱出去逛商场了，买了很多好吃的。我不知道我怎么知道的，但我就是知道，如果你永远觉得一个小孩可爱，她就会永远可爱。

因为我们都有一种本能，就是为喜欢自己的人，成为更好的人。

1

我不喜欢吃早饭。

我妹听我妈说，不吃早饭胃会坏掉，她就在每天早晨上学前，给我热一杯牛奶，泡一片全麦面包在里面，端到我床前，把我叫起来，看我一分钟喝完，倒头睡去，她才安心地去上学。

有一次我去学校看她，她的语文老师是新来的老师，感觉跟我差不多大，第一次见我，一直笑。

我一头雾水："怎么了，老师？"

老师笑着说："你妹妹在周记里面写，每天早上在床边喂你吃完饭才上学，我以为你是瘫痪在床的，一直没敢问她，怕她难过，还一直特别照顾她，总觉得她小小年纪，生活压力却那么大。"

我："……"

朋友说，小孩子一般不会用行动爱人，都是用嘴说我爱你什么的，但你妹妹真好，都是用行动爱你。

我突然就很骄傲，问道："所以呢？说明了什么呢？"

期待着朋友夸我是个好哥哥。

朋友："说明你妹很有灵性。"

我："……"

②

第一次带我妹坐飞机，她坐我旁边。

飞机突然颠簸，她吓得赶忙趴到我怀里，双手扒着我的脖子，害怕地说："哥哥，我错了，我再也不敢了……"

我："嗯？什么错了？"

她："我刚才抖腿了。"

哈哈，她竟然觉得是自己抖腿把飞机抖颠了，太有想象力，太可爱啦！

③

高中时，我跟随一位老师去外地补课。

那时候我妹还不会说话，也不会走路，只会咿咿呀呀。

我妈跟我说，我离开家后，我妹就"中邪"了。

到了晚上就一直哭，一直哭，小手一直指着外面，我妈顺着她指的方向一直走到马路边，走路时不哭，到了路边，愣了下，又大哭，边哭边指着家的方向，我妈只好又折返回去。

到了家她又指着外面，到马路边又指着家……

一直反复……

不知往返多少次，最终我妈崩溃了，控制不住自己的情绪，在她屁股上狠狠地抽了几下。

她疼得立刻哭到没声……

我爸突然进来，凶了我妈一声，抱过红着脸号啕大哭的妹妹，心疼地问："是不是想哥哥了？"

正哭得满脸通红的妹妹，突然就不哭了，水汪汪的大眼睛忽闪忽闪，小身板一抽一抽地看着爸爸。

是的，想哥哥了。

4

我记得我小时候，家里来客，如果有同龄的小伙伴到来，我要是不把玩具让出来，那是要挨揍的。

我小时候脾气犟得像头牛，有一次我妈在大街上强行把我的鸡蛋分了一个给亲戚的小孩，我气得把手里剩下的鸡蛋全扔墙上了。

任谁都哄不好，我不依不饶，就要那个小孩吃下去的鸡蛋。

我妈又给我买了两个，我一生气全塞嘴里，噎得半死，我妈崩溃了，把我嘴里的鸡蛋抠出来，用树枝把我抽得跪地求饶。

是的，跪地……求饶……

我妈说我跪在地上，非要捡自己吐出来的碎鸡蛋吃。

我从小没人宠的，也没人跟我讲道理，自己坚持的东西，哪怕是对的，也会被打得改过来。

小姨家的小姨弟和小姨妹，都巨可爱。

每次我去了，他俩都对我又亲又抱，非常喜欢我。

我也很喜欢他们啊，从小看着长大的，都很可爱。

但是我从没表现出对他们的喜爱过，至少在我妹妹面前没有。

因为我不想让我妹觉得，原来我不是你在这世上唯一爱的小朋友，你也很爱其他的小朋友啊。

小姨弟和小姨妹有自己的哥哥——康，就比我小一岁。

而我就是芊卉妹妹的哥哥。

每个小朋友都该有自己的守护者。

“别的小朋友都有人爱了，你就是我在这世上唯一爱的小朋友。”

5

我是我们家唯一没凶过芊卉妹妹的人。

不仅如此，而且每次爸妈一凶她，我就把她拉进怀里搂着，她躲在我怀里，大眼睛一眨一眨，眼泪一颗一颗……

我妈说：“你看你妹妹在你怀里的时候，都不会大哭，你知道这说明什么吧？”

我：“说明什么？”

我妈：“说明她跟你不够亲，小孩在最亲的人面前才会委屈得大哭。”

我：“……好你个薇薇安，竟然挑拨我们的兄妹关系。”

后来我去宁波读书了，有次我爸凶她，我不在家，没人主动去抱她，她就自己走到了我妈怀里，哭得那叫一个惨……

我爸都不敢生气了，心疼蔫了，我妈听她哭听得心疼，一直安抚她。

哭了好一会，我妹咧着嘴哭着问我妈：“哥哥呢？”

我妈：“哥哥去学校了。”

她又号啕大哭起来：“你让他回来抱我。”

所以妈妈是错的，在最亲的人面前也许不会委屈得号啕大哭，最亲的人不在却会号啕大哭。

6

我妹读中班那会儿，才四岁。

过年，我们自驾回家，我和我爸往楼下搬东西，我妹也跟着，到了楼下。

我：“芊卉，你在楼下看着行李，别让人家偷走了。”

她一脸蒙地看着我。

我：“怎么啦？”

她可怜兮兮地说：“那……我让人家偷走了怎么办呀？”

她三岁时，自驾带她回老家，在车上她说：“我要拉屎。”

我爸：“不能停车，憋着。”

她：“我憋不住啦。”

我妈弄好塑料袋，说：“来，拉塑料袋里。”

她没理我妈，扒着副驾驶的我：“哥哥，你能抱抱我吗？我想拉屎。”

我妈学电视剧台词：“呵，真矫情。”

我只好从副驾驶爬到后面，把她拉屎。

把了半天，我问：“你好了吗？”

她：“好啦。”

我低头一看：“你这啥也没拉啊。”

我爸：“骗人的吧，骗人打屁股。”

她：“不要打我屁股，不要打我屁股！”

我爸：“不打不行，谁让你骗人的！”

她等了会儿说：“那我只让哥哥打。”

然后乖乖趴在副驾驶和主驾驶之间，撅着屁股说：“哥哥，你打吧。”

打是不可能舍得打的，我们小仙女表面想拉屎，其实是想要哥哥抱抱。

7

我有一个弟弟，只比我小几个月，我从未见过他。

我也只听说过他两次。

第一次听说他，是在我高中时一个炎热的中午，正吃饭，我妈很伤感地说：“你菊姨的儿子，比你小几个月，他得管你叫哥哥……”

我：“哦，那个弟弟怎么了？”

我妈：“这孩子，既无怨无仇也无缘无故的，就把一个人的眼睛给戳瞎了……”

我：“那得坐牢了吧。”

我妈：“不一定，要判也是轻判，因为他被鉴定出有严重的精神病。”

第二次听说他，是五年后，一个即将入睡的夜晚，我趴在我妹的床头给她读故事，我妈突然进来，问我：“你菊姨的儿子，你的那个弟弟，我以前跟你说过的，你还记得吗？”

我：“记得啊，他把人家的眼睛戳瞎了。”

我妈：“他想来我们家住一段时间。”

我：“他恢复自由了？”

我妈：“应该是吧，也可能是刚恢复自由，不然怎么能来我们家呢。你菊姨说他想在我们家暂住一段时间，在附近找个工作，其他的我也没多问。”

我想了想，说：“可以是可以，但……他真的彻底康复了吗，如果旧病复发，毕竟是精神疾病，他的行为可能就不受自己控制，万一……”

我妹在旁边听得入了神，突然很激动地说：“没事的！他不会的！”

我：“那……万一他要伤害你怎么办？”

她：“那我就叫他哥哥，哥哥又不会伤害妹妹的，他也是我的哥哥呀。”

“他也是我的哥哥呀。”

8

我妈刚怀我妹时，问我：“给你生个弟弟或妹妹怎么样？”

我没回答，气得一个星期没回家。

很多亲戚朋友听到这儿，都会问：“天呐，没看出来你原来这么抗拒二胎，那你妈妈当时是怎么引导你的，把你教育得这么爱妹妹。”

没引导，一个星期后我回家，发现我妈把房门的锁芯给换了。十四岁的我，是不能接受家里多个小孩的，因为会和我分家产，这直接影响我当年要斥巨资开网吧自己当老板免费网上冲浪的梦想。

等我长大了才知道，其实像我们这种普通家庭，女孩是分不到什么家产的，养大，陪个嫁妆，就嫁到别人家了。

所以我从大二能挣钱开始，就定了一个小目标——为我妹存一些钱。

我还跟爸妈说："你们给我准备的那套房，我不要了，留给我妹，我自己挣钱买。"

我爸："你妹妹到时候嫁人婆家会有房的。"

我："那万一她不想嫁人呢？"

我不希望我妹妹嫁给一个人是因为他有钱有房，我也不希望我妹妹没有嫁给一个人是因为他没钱没房，她不可以嫁给钱和房子，她必须嫁给爱情。

爸妈给了她生命，幸福要靠她自己去追寻，我要给她自由。

对我来说，快乐太难了。

但我希望我妹这一生，轻而易举就能得到幸福。

我是百分百苦，妹妹一定要是百分百甜。

那样我就可以跟自己说，这世界终究是公平的。

芊卉妹妹的心灵可真美好啊

1

有次芊卉妹妹自己过马路买东西，等红灯时，她走神了，绿灯亮了她还在发呆。

一个阿姨走了几步，回头提醒她："可以走了，小妹妹。"

她回过神来，一看绿灯就跑，突然一辆闯红灯的车从她面前飞驰而过……

她回来跟我说这事，吓得我一身汗。

我："你当时怕不怕？"

她："哥哥，你猜我当时头脑里第一个反应是什么？"

我："脑袋空白？"

她摇头。

我："眼前一黑？"

她摇头。

我："浑身僵硬，感觉无法控制自己，想尿裤子？"

她摇头。

我："那是啥？"

她："我想的是，幸好没撞到我，如果我被撞了，那提醒我的那个阿姨肯定会很难过的。"

芊卉妹妹的心灵可真美好啊。

2

我妈托云南的亲戚给我寄了二十几包中药，说能治抑郁症。

我妈一天给我熬三遍药，熬得家里全是中药味。

没几天我就崩溃了，连家里的空气都是苦的，最可怕的是，那个味道时时刻刻在提醒我，我是个病人。

遇上邻居，邻居还会问吃这么多药是怎么了。我说抑郁症人家听不懂，我总不能说精神病吧，就只好说感冒。有的邻居不信，略带怀疑地问我："你是不是在调理身体备孕啊？"

药喝完了，没用，又不忍心跟我妈说实话，但如果骗她说有用，那我还得接着喝，苦不说，关键是贵，好几千块，像是被人骗了。

我妈每次听说哪哪有神医，谁谁得了什么病几副中药就喝好了，眼睛就发光。

她不是一个迷信的人，她只是太需要看到希望了。

某天中午，我到客厅找吃的，看见我妹在厨房，踩着好几本书，站在灶台前，用湿抹布小心翼翼地提起药壶盖子，从大红袋子里拿什么东西往我药里放。

跟做贼似的，我怕吓着她，就没出声，假装什么都没看见。

我回房忙完工作，才又走到厨房去看看，找了半天才找到那个大红袋子，里面是冰糖。

芊卉给我放的，是冰糖。

她怕我苦。

我一直觉得我这种类型的抑郁症无药可医，中药、西药我都没觉得有什么效果，但每当我想起那个明亮的中午，妹妹站在书上偷偷往我药里放冰糖，我就觉得温暖。

药不苦，时间苦。冰糖不甜，你甜。

我对在乎的事物都比较纠结，越在乎，越觉得折磨。

比如纠结人活着的意义是什么，活生生纠结出抑郁症。

我有段时间就特别纠结一件事，关于我妹的，总觉得有几根银丝缠绕在我脑子里，晚上都纠结得睡不着。

最后纠结都表现在脸上了，闷闷不乐的。

我妹问我："哥哥，你怎么了？怎么不高兴？"

我说："没事，学习上的事（但其实就是关于她的事），说了你也不明白。"

然后就接着纠结。

我妹后来又问了我好几次，我也没说。

但还是一个人暗自纠结，纠结得头晕。

纠结了有小半年……

我在纠结什么问题呢？

我在纠结——我妹那么喜欢巴啦啦小魔仙，那我和小魔仙同时掉进了水里，我妹到底会救谁？

嗯，就是纠结这个，认真的。

有一个妹妹是怎样的体验？

是会把她放在心的正中间，是会挂念她，是仅仅看见她就抑制不住地开心，嘴会不自觉地上扬，是想起她就不自卑了，反倒还有点自信和优越感。

想捏捏她的脸，想摸摸她的头，想把她的头搂在腰间，想抱着她走路，想让她坐在自己脖子上，想听她叫哥哥。

不知该怎么疼她好，怎么对她好都觉得不够，老想给她买好吃的，老想给她买好看的衣服，老想给她买玩具，如果她没有喜欢的东西，钱没花出去竟会有一点失落。

如果遇到难过的事，比如高考失利自卑到不想见人，比如高中跟人打架，骨裂、浑身是血然后住院，比如我喜欢的女孩嫌我丑，比如最好的朋友突然不理我了，比如我爸投资失败总有人上门讨债，比如某段时间突然丧失人生目标一片茫然，精神堕落胡吃海喝胖成B罩杯，比如爷爷离世，比如我不如别人并心生嫉妒，比如感觉自己一辈子遇不到爱情了，我就在心里跟自己说——

没关系，反正我有我妹妹。

莫名奇妙的逻辑，却真真切切能得到莫大的安慰。

所以我即使抑郁，也极少抱怨生活。

抱怨生活干吗，回家抱抱芊卉妹妹就好啦。

我爸总说我会宠坏我妹，嫌我对我妹没有原则。

我想说我有原则。

给我妹买好吃的，如果旁边有别的小孩，我就会给其他小孩也买一份。

但给她的一定是两份。

路上遇到盲人或者救护车，我会迅速把她扯到一边给盲人和救护车让路。

但一定是把她扯到我怀里。

如果她伤害到别的小朋友了，比如跑得急把人家撞倒了，我绝对当着对方小朋友的面教训她一顿，再给对方小朋友买个小礼物哄哄，给人家一个完美的交代。回头再给她讲道理，最后再给她买好吃的、好玩的，哄到她超开心为止。

我一直在教她爱这个世界，并一直告诉她：我更爱你。

我读大学那会儿是我妹最黏我的时候，偏偏又聚少离多。

她整天想我，念叨我。

有次半夜，我妹爬了起来，去了我妈房间，站在我妈床头，用手抠我妈鼻孔……

我妈被她抠醒了，一脸蒙：“怎么了，宝贝？”

她把我妈拉到我房间，指着我空荡荡的床问：“妈妈，你帮我看看哥哥回来了吗，我看不清楚。”

她梦见我回来了，跑到我房间一看没有，觉得是自己没看清楚，又拉我妈起来看一遍。

“妈妈，你帮我看看哥哥回来了吗，我看不清楚。”

回老家大半个月，再回来时跟我妹聊天。

我把她抱我腿上坐着，问：“想哥没？”

她：“没有。”

我："嗯？"

她憋笑："没有。"

我："再给你一次机会。"

她："没有。"

我："好，凉了。"

然后我就回房间工作去了。

过了一会儿，她悄悄走到我身后，头趴在我背上，撒娇说："哥哥，其实我想啦，我刚才嘴硬呢。"

8

小时候，每次我一想到自己以后会死，就特别难过。

有多难过呢？

难过到平时顿顿能吃满满一大碗米饭的我，一整天都没有胃口。

有天夜里，奶奶搂着我睡觉，我问："奶，街里有没有卖唐僧肉的？要是有，你赶集的时候多买点给我吃……"

奶奶以为自己听错了，问我："什么肉？唐僧肉？"

我："嗯，我怕死，我不想死……"

奶奶被我逗笑了："憨孩子，人哪有不死的？那不乱套了？一辈子没病没灾平平安安就不错了，哪能永远不死……"

我瞬间害怕到想哭，问："那可怎么办？一点儿办法都没有吗？我不想死……你快给我想想办法，别让我死……"

说完，我就掉起了眼泪。

奶奶使劲给我抹了抹眼泪，说："我都土埋大半截了也没怕，你个小东西哭什么！不要哭！也不是没有办法，平时多做些好事就行了。人死了，魂魄都得去阴曹地府找阎王爷报到，坏人会被打下十八层地狱，永世不得超生，好人喝了孟婆汤，还能转世成人……有些人不听话，不喝孟婆汤，阎王爷就会打他屁股，所以有些小孩生下来屁股就是青的、黑的……”

奶奶的话给了我莫大的安慰，倒不是因为我好骗，而是因为我的屁股是真的黑，我浑身黄皮肤，唯独屁股黑，所以一定是阎王爷打的，这就证实了奶奶所说的，因此我很相信人死了是可以转世成人的！

从那以后，我豁然开朗，关于自己以后会死这件不可避免的事，就没那么害怕了。

有次我趴在妹妹的床头给她读睡前故事——一个关于“死亡”的故事。

她缩在被窝里问我：“哥哥，人为什么要死啊？”

我愣了，不知该怎么回答。

她眼神中流露出些许恐惧，追问：“不能不死吗？”

我呼了口气，沉重地说：“不能，地球上所有的动物和人都会死。”

她皱着眉，担心又难过的样子。

我想了想，安慰她说：“你不要担心，就像电视里放的一样，人死了，魂魄就会从身体里出来，然后被黑白无常带到阴曹地府报到，排好队，阎王爷会安排投胎，再次出生……”

她眉头依然紧锁，疑惑地看着我。

我：“是真的！你年纪小不记得，我就记得，上辈子我们俩就是一起排的队，你排在我后面，然后我俩被安排进了同一个生命隧道里，才成了兄妹，我在生命隧道里比你坠落得快，先出生，所以我是哥哥，你慢，所以你是妹妹。”

她仔细想了想，问我：“哥哥，那等以后，是你先死还是我先死？”

我：“人的寿命都差不多，可我比你大十四岁呢，所以我先。”

她没再说话，愣住了，不知在想什么。

我用拇指蹭了蹭她的脸颊，她一动不动，苦着脸，脸上写满了难过。

我想她可能是不相信我所说的吧。

于是我换了个欢快的语气：“好啦，你才九岁，一生才刚刚开始呢，你还可以活一百年呢。”

她难过地转过身去，背对着我。

我坐在床边，也伤感起来，虽然我已经长大了，但想到死亡，也还是会忍不住恐惧、难过……

过了许久，等她睡了，我才起身，放好书，给她掖好被子。

我拉开门要走时，她突然轻声叫我：“哥哥。”

我回头：“嗯？还没睡着？”

她撇着嘴，带着哭腔说：“等你死了，一定要等我。”

哥哥，你该变身了

1

我大学严重抑郁时，常常不耐烦、焦躁。

六岁的妹妹却天天缠着我问问题。

清晨我刚醒，一睁开眼是最烦的时候，刚走出卧室，她就跑来问我：“哥哥，你今天喜不喜欢我呀？”

我烦躁地说：“喜欢，快去吃饭。”

我吃药的时候，越吃越想吐，她突然问我：“哥哥，你喜不喜欢我呀？”

“嗯？”我强压心中的怒气，答，“嗯。”

晚上快要睡觉时，她趴在我床头问我：“哥哥，我今天差点忘记问你，你还喜不喜欢我呀？”

我觉得很烦，反问她：“你最近怎么天天问这个问题啊！每天都问，你不会烦吗！”

她嘴巴一撇，眼睛里含着泪，低头要哭：“妈妈说抑郁症就是喜欢的东西越来越少，等什么都不喜欢了，就不想活了。”

我才明白，她天天问我，是在担心我，是想确认，我还想不想活着。

第二天一早，我推开卧室门，她正在吃早饭，抬头看了看我，想说什么，却又没说。

“芊卉，我喜欢你哦！”我咧嘴笑着说。

她瞬间开心地笑了起来。

“妈妈，我要一个老虎的睡衣。”

“你已经有三件睡衣了，粉的、白的、橙的。”

“我还想要一个老虎的嘛。”

“你个小不点，才几岁啊，就天天买衣服，有干吗还要买，浪费可耻！”

“等我全都考到 95 分以上你就给我买！”

“好！”

有天晚上，我妹穿着小老虎的睡衣，跑到我房间，钻进我的被窝，缩在我怀里说：“哥哥，这个老虎睡衣，是我考试考得好，妈妈奖励我的！”

我：“哦哟，妹妹可真棒！”

她：“你抱着我吧，抱着我就不会害怕了。”

我：“哦？怎么说？”

她：“因为狼怕大老虎啊！”

哦，我明白了，有次我跟她说，我一直在反复做同一个噩梦：在一个停车场，突然出来很多饿狼，追着我咬，而且每次都能追到我，把我的腿咬掉，还撕咬我的脸……

每次我都被吓出一身汗，床单被子全被汗浸湿……

后来几乎不敢睡觉。

但现在我怀里有个“大老虎”，我就再也不怕啦！

③

我妹问我："哥哥，以后我结婚你会不会哭？"

我："我不哭，我很坚强。"

我妹："那你肯定不爱自己的妹妹，你看电视里人家妹妹结婚了，姐姐一直在哭……"

我："那我是男孩子，男孩子是不会哭的。"

我妹跟我妈撒娇说："妈妈，你看哥哥一点都不疼我！他竟然都不哭！"

我妈搂着我妹，看了我一眼说："宝贝，放心啦，这玩意儿到时候要是不哭，我就把他打哭。"

我："……"

④

妹妹上幼儿园小班时，还不太识数，认识最大的数就是"二"。

每次有人想给她东西吃，问她要几个，她总是竖起两根手指说："二"

她拿到两个好吃的，觉得少，心有不甘，却也无可奈何，毕竟只会说"二"。

唉，这傻妞就是吃了没文化的亏啊。

有次，我专门教她数数，她很快学会了用手表示三、四、五，还有八。

我跟她说："芊卉啊，下次别人再问你要几个好吃的，你就比个手枪的手势，说八，八可是要比二大得多的数哦，别人就会给你好多好吃的！”

她看着我，向我比了一个手枪的手势。

我：“对，就是这样，可是我现在没有好吃的给你。”

她：“哥哥，我有‘八’那么多的爱你哟！”

5

我妹上幼儿园时，有次半夜发高烧40.5度，那会儿正值冬天。

我爸不在家，我妈和我都不会开车，大雪的夜里也打不到车，我妈让我去小区门口看看诊所是否还营业。

我穿上衣服，顶着大雪冲到小区门口，看着诊所紧闭的门，差点气哭在雪地里。心想完了，妹妹那么小，烧得那么厉害，去不了医院该怎么办啊。

我又顶着风雪回家，太焦虑了，恨自己不会开车，难过地回到家，一开门，看见我妈给我妹穿好衣服，娘俩已经坐在沙发上等我了。

我更难受了，搓了搓冰凉的手，低头换鞋：“诊所没开门。”

低着头眼泪突然就掉下来了。

我妈：“我的老天爷，这可怎么办啊，温度那么高……”

这时我妹从沙发上下来，走到我跟前，把我快要冻坏的手，贴在她的脸颊上说：“哥哥，我脸烫，我给你暖暖。”

6

读大学时，包括后来上班出差，每次回家，我都会给妹妹带一个小礼物。

有时我到家，妹妹还没放学，我就出去跟朋友玩了。但出门前，我一定会把买给她的礼物放在桌子上，因为我妈不止一次跟我说："你小妹回到家一看到桌子上的礼物，两眼放光，别提有多开心了，欢快得像刚从游乐场回来……"

所以我每次都会把礼物放到桌子上后，再出去玩。

有次我错把买给老爸的茶叶放在了桌子上，她放学回来后拆开礼物一看，是一盒茶叶。

我妈在一旁说："哟，这回你哥是怎么回事，这是买错礼物了吧……"

可没想到我妹还是很开心，蹦蹦跳跳地去厨房拿杯子，泡茶叶，美滋滋地喝，像在喝奶茶。

我妈惊讶地问："傻宝，你哥给你买一盒茶叶，你怎么还这么开心啊？"

她："因为哥哥回来了呀！"

有次晚上带我妹过马路。

绿灯一亮，我说："芊卉，快走！"

我快走到马路对面时，一低头，发现妹妹不见了，再回头，发现她正跟在一位拄拐杖的黑衣老爷子右侧"蹒跚"地走着。

我心头一颤，这老爷子对我妹施了法？我妹怎么跟着他啊！

绿灯已经变红了，我逆着红灯跑回去找她。

我："你怎么走那么慢啊，怎么不跟着哥哥。"

我妹：“这里的路很宽，绿灯的时间却特别短，大家都在跑，老爷爷拄着拐杖走得很慢，我跟着老爷爷一起走，他就不用着急了。”

我：“哦，这里绿灯的时间确实太短了，也不知道是哪个笨蛋设计的。”

她：“哥哥，老爷爷今天穿的是黑色的衣服，不容易被发现，而我今天的衣服可以反光，车灯照在我身上，开车的人就能看见我和老爷爷在这里了！”

天使，大概就是我妹妹这样的吧。

8

我焦虑的时候，喜欢一个人坐在马桶上冥想。

我有时反锁卫生间的门，有时不锁，我妹经常过来轻推卫生间的门，有时她推得开，有时推不开。

她如果进来了，就坐在马桶旁边的小板凳上，那是她的专属座位，她经常这样陪着我，不说话。

小小的她明明总是很害怕，很压抑，却总是一次次试探性地转动门把手，想进来坐着。

有次我崩溃了。

我对坐在一旁的她说：“芊卉啊，哥哥不想活了。”

她嘴巴一撇，要哭：“为什么？”

我：“我需要一个活着的意义，可是我怎么想也想不出来，我不想再想了，好累啊。”

她眼泪汪汪，想了想说：“那……那你等我长大啊，等我长大了，我会帮你想的。”

⑨

我妹三四岁时，我陪她一起看《迪迦奥特曼》，哦不，是她陪我一起看。

看累了，我带她出去玩。

走在路上，我跟她说：“芊卉啊，其实我是奥特曼。”

她抬起头，一脸蒙地看着我。

我接着说：“我就是光，我会保护全人类的。”

她呆呆地说：“哦。”

路过学校围墙，一群小学生在打架，好几个小孩群殴一个小孩。

我把我妹搂在腿上说，不要看。

我妹抱着我的大腿，仰脸说：“哥哥，你该变身了。”

1

我妹读大班时，有次我感冒了，发烧、流鼻涕，还咳嗽。

晚上她跟妈妈说要和我一起睡。

我：“不行哦，我感冒了，会传染给你的！”

她：“我才不怕你传染呢。”

她不听话，半夜偷偷跑来跟我一起睡，我也没赶她，给她多穿了件保暖内衣，掖了掖被子，背对着她睡，怕呼出的气传染她。

她像考拉一样扒着我的后背。

我人不舒服，时不时还闷咳两声，所以睡眠一直浅，半睡半醒。

我感觉到她夜里好几次爬起来，摸了摸我的额头。

2

妹妹三岁时，我妈带她出去玩，我在家写作业。

娘俩一大早出门，晚上八九点天黑透了才回来。

我妹一进门就往我房间跑，我妈在后面喊：“不要去打扰哥哥，哥哥在学习！”

她本来要奔向我的，却拐弯跑到了我床上。过了会儿，我写完作业，到床边去看她，她侧着脸趴在床上一动不动。

我学她的姿势，趴在床上，脸对着她的脸：“咋了，你这小脑瓜子在想什么呢？”

她亲了一下我的鼻尖：“想哥哥了。”

③

带我妹在姑姥家玩。

姑姥把仅有的一块巧克力给了她。

她说：“姑姥，你也给哥哥一块巧克力吧。”

姑姥摸着她的小脑袋，笑道：“乖乖，真懂事，哥哥大了，不给他，姑姥不疼他，疼你，你吃吧。”

她打开巧克力，掰了一半给我，说：“来，妹妹疼你。”

④

有次我不小心把奔跑中的她绊倒了，她整个人扑到了地上，我赶忙把她抱起来，发现小小嫩嫩的手掌，蹭破了皮，微微渗血，下巴通红，磕到了下巴，她咧着嘴，哭到没声……

我赶紧道歉：“哥哥错了，哥哥错了，来，你打哥哥一下，你打我，你打我……”

我伸着头给她打，她一边哇哇大哭，一边抱着我把眼泪往我脸上蹭：“我不！我喜欢你！”

⑤

我妹那时四岁左右，我妈在家里发起一个游戏，让我们所有家庭成员互相打分。

我妈：“满分 10 分，让我想想给我们芊卉打几分……不积极主动和别人打招呼，礼数不够，这个要扣 1 分。”

我爸：“挑食，也要扣 1 分。学习不爱动脑筋，扣 1 分。”

我妈：“嗯……其他没什么问题，就 7 分吧。”

我妈问我妹：“宝贝，你给妈妈打几分啊？”

我妹正在画画，突然举手高呼：“100 分。”

我妈：“宝贝，妈妈也有缺点啊，怎么会是 100 分呢？你说心里话，妈妈不会生气的。”

她：“因为 100 分就是最多的分了，没有更多的分啦！”

6

妹妹五岁时，那时候我和朋友一起创业，忙到饭都不想吃。

即使在家，也根本没空陪妹妹玩，整天趴在电脑前工作。

我工作时，她一会儿给我送点牛奶，一会儿给我送点水果，一会又叫我吃饭。

晚上我洗完澡，头发湿漉漉地趴在电脑前工作，她怕我着凉，举着吹风机踩在小板凳上给我吹头发……

她很懂事，知道我忙，几乎不打扰我。

只是有一次，她滴了一滴水在眼睛上，过来跟我说：“哥哥，我哭了。”

我：“哎哟，这是怎么了？谁欺负你了？”

她嗲声道：“没人欺负我，是我太想你了。”

我：“我这还忙呢，你去玩玩具呗，或者去看电视。”

她趴在我怀里说：“哥哥，你抱抱我吧，我就占用你一分钟。”

7

我妹三岁时，在客厅边吃爆米花边看电视。

她刚把最后一颗爆米花塞进嘴里，我从卧室出来了，说：“哟，芊卉在吃什么好吃的呢，来，给哥哥一口。”

她含着最后一颗爆米花，呆呆地看着我。

我假哭：“呜呜呜，没了呀，我都要饿哭了。”

她看我哭了，爬下沙发，走到我跟前，从嘴里抠出一颗沾着口水的爆米花，递给我说：“哥哥吃。”

我看着满是口水的爆米花，犹豫起来……

她一年级时，带同学来家里玩。她同学也有一个哥哥，然后两个人玩着玩着就开始攀比哥哥。一个说我哥哥厉害，另一个说我哥哥超厉害。一个说我哥哥最厉害，另一个说我哥哥更厉害。比着比着两个人急眼了。

她同学说：“我哥哥，敢和马桶吃一样的东西！”

我妹愣了一下，然后不甘示弱地道：“我哥哥也敢！”

她同学：“我哥哥一次可以吃十斤。”

我妹：“我哥哥可以吃一万斤。”

我在一旁目瞪口呆，吞了口口水。

我妈看着我笑道：“去整一口吧，别让妹妹失望。”

我：“……”

1

我妹五岁之前，不肯喝药，每次喝药，要用勺子，往她嘴里灌，那哭得哟，真叫一个惨，灌她药的那个人，简直就是《还珠格格》里扎紫薇的容嬷嬷。

而我就是那个灌她药的人，因为我爸经常不在家，需要一个人死死抱住疯狂挣扎的她，我虽然力气大，但对妹妹，我心太软了，根本抱不住她，所以我只能用勺子闭着眼睛给她灌药。

灌药更是一种煎熬。有次冬天，我妈大早上叫我：“容嬷嬷，快起来，喂妹妹吃药了！”

唉，我根本就舍不得啊，可还是要下手。

我妈坐着，把仰着脸的妹妹紧紧抱在腿上，她已经哀怨地大哭了。

我还要再灌她，一勺一勺，我把她灌得小脸通红，青筋暴起，眼泪都能洗脸啦，拼命嚎叫，呛得咳嗽连连……

她的眼神好像在哀求我：哥哥我好痛苦，求你不要再灌我了……

我不仅没有停下来，灌完了药，还要加水再涮涮杯子里的残药。终于结束了，她已经哭得不成样子。我妈紧紧抱着满脸眼泪的她，轻轻抖腿，温柔地安抚……

我在一旁坐着，低着头，不敢看她。

她转过脸跟我说："哥哥，你快去把棉袄穿上，会感冒的。"

②

我妈有次外出喝喜酒，带回来一包喜糖。

我妹酷爱吃糖，但是我妈带回来的那包糖，真的不好吃，大多是杂牌巧克力，很苦，有的还是酒心的。

我妹一直吃，一直苦着脸往外吐，一直吃，一直吐。

终于她吃到了一颗特甜的软糖，咬了一半，犹豫了一会，塞进了我嘴里。

然后又接着苦着脸"试糖"……

③

我妈带我妹出远门，坐高铁的时候，不禁感叹："还是高铁好啊，又干净又快。"

我妹说："妈妈，等我长大了买一辆送给你。"

我妈回家跟我说："好家伙，你小妹口气可大了，要给我买辆和谐号呢。"

我："哈哈，这有啥呀，等我妹将来出息了，那也不是不可能。"

我妈："呵呵，你小时候还说长大了要送我一张清华的录取通知书呢。"

我："……"

4

冬天，我趴在电脑前工作。

我妹过来摸了摸我的手，说："哥哥，你手这么凉，快去穿衣服。"

我忙着呢，没理她。不一会儿，她拿了一件外套让我穿，我眼睛盯着电脑，俩胳膊一伸，把衣服穿上了。

她摸了摸我的头说："乖。"

5

她五岁的时候，有次不听话，被我妈揍了，她来找我诉苦，可怜兮兮地说："哥哥，妈妈又揍我了。"

我："来，哥哥抱抱。"

我抱着她，接着工作，她委屈地趴在我怀里一动不动。

过了好一会儿，她说："可是还是好爱妈妈啊。"

6

我妹有次问我："哥哥，得抑郁症是什么感觉呀？"

我想了想，问她："你知道嘴里苦是什么感觉吧？"

她点头。

我："我是心里苦，有时候苦得啊，想哭。"

她似懂非懂地点了点头。

她超喜欢吃巧克力，买冰激凌时，她买得最多的口味就是巧克力味。

有一次她放学，用自己的零花钱买了一个很甜的草莓味冰激凌，没吃，带回家，打开，喂了我一口，然后问我：“甜不甜？”

我点头：“嗯！甜。”

她一脸期待：“那甜到你心里了吗？”

我愣了一下，又点头。

我大概明白她的意思了。后来她经常喂我吃甜食，她想让那些甜甜的食物，一直甜到我心里。

7

有一天放学回来，她跟我说：“哥哥，我爱你哟。”

我：“哥哥也好爱你哦！”

我问：“是不是老师让你们回家跟家人说我爱你啊？”

她：“不是啊，我说我爱你，是因为我真的很爱你啊。”

我：“呵，那要考考你哦，来，说，你有多爱我？”

她想了想说：“我爱你，和天上的云朵，夜里的星星，冬天的大雪，一样多。不对！更多！”

“哥哥，天上有好多棉花！”

“那是云朵，就是一团团雾，一团团小水珠。”

“我好想把它们薅下来，做被子盖。”

这就是小仙女和直男的区别吧。

我也要让哥哥开心

1

带我妹荡秋千。

她：“哥哥，你玩吗？”

我：“我不玩，我帮你推。”

我问：“好玩吗？”

她：“好玩。”

我问：“开心吗？”

她：“开心！”

她玩了一会儿，从秋千上下来说：“真好玩，哥哥，你来玩，我帮你推，我也要让哥哥开心。”

我妹两三岁时，我妈经常问她：“宝贝，妈妈漂亮吗？”

我妹被问太多次了，常常头也不抬就说：“漂亮呀。”

我妈：“唉，我这小棉袄真够敷衍的！”

我教我妹说：“以后妈妈问你她漂不漂亮，你就说，妈妈，你长得像个大明星。一定要看着妈妈的眼睛说，要真诚。听懂没？妈妈会很开心的。”

她点点头。

后来，我妈又问她：“宝贝，妈妈美不美？”

我妹看着我妈的眼睛，真诚地说：“妈妈，你长得像个大猩猩。”

我妈：“……”

3

我趴在电脑前忙的时候。

我妹过来问我：“哥哥，你陪我玩一会儿好吗？”

我：“现在不行，我正在做一个很重要很重要的工作。”

她探着小脑袋看我的电脑屏幕：“我看看，什么工作这么重要呀？比自己的亲妹妹还重要吗？”

哈哈，那倒也远远没有亲妹妹重要！

4

阿姨家八岁的弟弟，来我家玩。

弟弟特别皮，一刻也闲不下来，他跟我妹说：“芊卉，我们玩奥特曼大怪兽吧，就是一种真人对战游戏。”

我妹：“好呀，怎么玩？”

弟弟：“我们俩一伙，和你哥哥对打，看谁能打过谁。”

我妹：“好！可是不能真打哦，我们假打，要轻轻地慢慢地打……”

弟弟感觉很扫兴：“啊？那有什么意思啊！为什么啊？”

我妹：“因为他是我亲哥啊！”

5

我和朋友开的工作室，同时接到三个大项目。

虽有压力，但开心，因为可以挣钱嘛。

我跟我妈分享，我妈说："哎呦哎哟哎哟，真好，就五六个人的公司，能有这么多项目，真不错，加油干，等公司做大了，将来就算不是董事长，也能当个太监。"

我："啥？"

我妈："呸呸呸，总监！"

我："……这还差不多！"

我跟朋友分享，朋友大惊："你小子厉害啊，要发财了你，过年回家请我吃饭！"

我："没问题，哈哈。"

我爸说："不要骄傲。"

我舅说："前途无量啊。"

我跟我妹分享，我妹说："干吗要那么多项目？"

我："傻妹，项目多才能多挣钱啊，挣了钱，给你买好吃的，买漂亮衣服，带你旅游……"

我妹："可是你累啊，我不想你那么累……"

大家都在恭喜我，只有我妹让我不要那么累。

6

晚上，我妈搂着我妹睡觉。

我妈跟我妹说："小朋友出生之前，都在天上挑妈妈，挑中了喜欢的妈妈，就会钻到妈妈的肚子里，做她的孩子。"

我妹：“然后呢？”

我妈。“你当时挑了我，后悔了吗？”

我妹：“不后悔。”

我妈：“为什么呀？我有时还凶你，不像有的妈妈，那么温柔。”

我妹：“你这么一说，我还真有点后悔了。”

我妈：“……”

第二天早上。

我妹：“妈妈，我昨晚做梦了，我就梦见我在天上挑妈妈，我和好多小朋友一起，趴在云上，拿着望远镜看地上的妈妈，有你，有小姨，还有我同学的妈妈，还有好多我不认识的妈妈。”

我妈：“完了，那么多妈妈，我肯定竞争不过那些妈妈。”

我妹：“可我还是选了你。”

我妈：“为啥，就没有温柔漂亮年轻还住大房子的妈妈？”

我妹：“有啊，好多呢，可是我选来选去，觉得我最爱的还是你。”

我妈发烧，不舒服，躺床上休息。

我跟我爸在客厅乐呵呵地看电视。

我妹一会儿给我妈送水，一会儿问妈妈饿不饿，一会儿送药，一会儿试试妈妈额头看还烧不烧，一会儿给妈妈盖盖被子。

我妈：“宝贝，你真疼妈妈。”

我妹：“谁让我是妈妈身上掉下来的肉啊。”

8

和刚认识的哥们一起在外边玩，看见一个特可爱的小姑娘。

哥们说："哇，我要是有个这么可爱的妹妹，信不信我天天给她买好吃的。"

我说："我信，因为我就有个这么可爱的妹妹，我确实天天给她买好吃的。"

哥们看着我，羡慕得眼珠子都要掉了。

9

带我妹去给爷爷上坟。

我们一起给爷爷的坟添土。

我妹说："爷爷，我好想你啊。"

我模仿爷爷的声音问："你有多想爷爷啊？"

她笑看着我说："特别想，有时候想你想得睡不着觉。"

我又用爷爷的语气问："那你什么时候最想爷爷啊？"

她突然低头，一边添土一边想，最后说："爷爷，所有的时候。"

10

爷爷刚去世时，有次我妹在奶奶的房间里玩，无意翻出一块手表。

奶奶说："这是你爷爷戴了好多年的手表。"

这手表我太熟悉了，从我记事起，爷爷就一直戴在手上。

我看见手表还在哒哒地转着……

爷爷不在了，爷爷的手表还在走。

爷爷的时间停了，但时间还在走。

物是人非，不过如此。

奶奶说：“手表你们拿走吧，等想爷爷了，就拿出来看看，你爷爷没留什么东西，也就这块手表了。”

我接过手表，用大拇指擦擦了表屏。

我妹撇着嘴说：“那奶奶你呢，你把手表给我们了，你想爷爷的时候怎么办呀？”

奶奶搂着我妹说：“乖乖不哭，医生说奶奶眼睛不好，不能再想爷爷了。”

你不疼我就不疼

1

我吃饭比较快，吃热面的时候，常常烫到嘴巴。

每次被烫到，我都会抱怨说，啊，好不得劲啊，嘴巴里又被烫掉了一层皮，难受。

但下次我还不会改，因为我妈做的面实在太好吃，我又太饿！我一看见面就上头！

有一次和我妹一起吃面，我挑起一口热面就往嘴里送。

那时她才两岁，话都说不清，小手突然扒着我的胳膊，奶声奶气地叮嘱我："哥，慢慢，烫，吹。"

然后伸着头，噘着小嘴，冲我挑起的面，吹吹吹……吹得都是口水。

2

我妹五六岁时，不管我去哪里，只要我出门，她就一定会跟着我，缠着我带她一起出去。

有次我不想带她，就骗她说："哥哥这次去很混乱的地方，不能带你。"

她："不行，我要去！"

我："那地方坏人很多，他们会打人的！一不小心头就会被打歪！”

她：“那我们小心点不就行了吗？”

我：“小心也没用，坏人太多，到处都是！”

她：“那我更要去！我要保护你！”

我：“你保护不了我的！连我都打不过他们！而且他们人特别多，全都是一起上，下手还特别狠！”

她：“那……那我去帮你扛揍！”

我：“……”

别的孩子的梦想都是当科学家、画家、警察。

我问我妹：“你的梦想是什么啊？”

我妹：“大老板。”

我：“别说得这么土，要说企业家。”

我妹：“好，企业家。”

我：“当企业家干啥？”

我妹：“当了企业家，我要给妈妈买两栋楼。”

我妈：“宝贝，妈妈虽然喜欢房子，但用不了两栋楼。”

我妹：“妈妈，你可以在里面练瑜伽，里面地方大！”

我妈：“我觉得我还可以把两栋楼全部上下打通，在里面玩蹦极。”

我爸：“那我呢，也得给老爸买点东西啊。”

我妹：“给你买宝马、奔驰、保时捷、法拉利、玛莎拉蒂！”

我爸：“好家伙，到底买哪个？”

我妹：“全买！你可以坐在车里面抽烟！”

我爸：“那我可不敢在车里抽，万一把车烫坏了怎么办？”

我妹：“再买！”

我妹：“我还要给爷爷买复活药！给奶奶买长生不老药！让爷爷奶奶永远幸福地生活在一起！”

我：“那哥哥呢，给哥哥买点啥？”

我妹：“买架飞机，我接送你上下班。”

我：“……”

我妈：“飞机就停在给我买的那两栋楼上。”

我：“……”

多么朴实的妹妹，多么朴实的梦想啊！

4

我妹坐在我怀里玩，她突然起身，脑袋撞到了我的下巴，还挺响。

我赶紧摸摸她的脑袋。

她赶紧摸摸我的下巴。

我：“疼不疼？”

我妹：“你不疼我就不疼。”

5

我妹小时候调皮，往墙上画画，我妈抬手假装要打她。

她就抱着妈的腿说：“妈妈不要打我，妈妈不要打我，我可是你的小宝贝呀……”

通常我妈这时候就心软了，问她：“知道错了没？”

她继续撒娇：“小宝贝知道错啦。”

我妈弯腰把她抱在怀里，亲亲。

唉，我小时候要是有这两下，也不至于被揍得那么惨……

6

我妹还没上幼儿园时，爸妈有段时间生意上出了问题，实在没空照顾她，就趁她夜里熟睡时，让舅舅把她送回老家和奶奶一起生活。

我妹到了奶奶那里后，爸妈十几天没往奶奶家打电话，一是因为工作忙得焦头烂额，二是因为怕惹她哭，也怕自己崩溃。

某天晚上，爸妈实在没忍住，就给奶奶打了个电话。

奶奶把我妹带到镇子上网吧里，用电脑和爸妈视频。

视频一接通——

妈妈叫她：“芊卉。”

爸爸叫她：“宝宝。”

我妹愣了一下，然后“哇”地号啕大哭：“爸爸妈妈，你们还要不要我啊……”

哎呀，我爸和我妈抱头痛哭……

我有时会给我妹读故事。

她洗完澡躺在床上，缩在被窝里，露出小脑袋，我脱了鞋，坐在她床上。

我给她掖好被子，她总是会扯一角，盖在我脚上。

我："哥哥脚臭，不要盖。"

她："你傻呀，哪有妹妹会嫌弃哥哥的。"

8

我妈有一次心情不好，迁怒我妹。

气头过了，万分愧疚。

也许是心理作用，也许是事实，我妈总觉得我妹在生她的气，好像有了隔阂，越想越难受。

晚上，我妈辗转反侧睡不着，思来想去，最终决定主动去找我妹一起睡。

我妹闭着眼睛，正在睡觉。

我妈钻进她的被窝，想了半天，最后抱着她说："宝贝，对不起哦，今天我不该冲你发火，你没错，是妈妈错了，妈妈以后再也不会……"

我妹："妈妈，我爱你。"

只要你开心，做什么我都愿意

经常有些姐姐或阿姨想生二胎，然后来问我的建议。

我觉得如果条件允许的话，当然要生。

因为啊，父母只能陪伴自己前半生，爱人只能陪伴自己后半生，只有兄弟姐妹才能陪伴自己一生。

我经常幻想那个画面，我妹结婚那天，新郎牵着我妹的手说：“我会爱你一生一世，照顾你一生一世的。”

我肯定会冷笑一声，抹一把眼泪，小声嘀咕：“哼，你小子啥时候冒出来的心里没数吗，我才是那个可以爱她一生一世，照顾她一生一世的人。”

1

送四岁的小姨弟去兴趣班，他死活不进去，胖嘟嘟的他往地上一躺，我拉他，他还冲我吐口水。

想起我妹上幼儿园那会儿，某学期开学第一天，我送她到班级门口，她怎么都不肯进去。

老师们纷纷来劝，都不行，我妹死死地抱着我的脖子，趴在我肩膀上一动不动。

其中一位老师说："李芊卉哥哥，要不你先走吧，小朋友哭一会儿就好了，小孩都这样……"

我看着老师，摇了摇头，心想，哪舍得啊。

僵持许久，我看见一位老师手里拿着瓶矿泉水，就示意老师把水给我。

我把水倒了一点在手上，偷偷往脸上一抹，咧嘴哭了起来。

她撒开我脖子问："哥哥，你怎么哭了？"

我假哭："你不想上学，我难受哭了。"

我妹像哄小孩似的给我擦眼泪："噢噢噢，不哭不哭，妹妹上学去了，哥哥别哭了，哥哥别哭了。"一边说，一边看着我往教室里走。

我看着她走进教室，一转身笑出了声，哈哈。

以前我写我妹，有人评论说，得亏是妹妹，这要是个弟弟，画风就完全不一样了。

我心想，怎么会，弟弟妹妹一样都是宝贝啊！

但事实是，在兴趣班大楼底下，小姨弟赖着不起来，被我“打”哭了送进去的，然后我飞快跑走了，哈哈。

我妹上大班那会儿。

当时表姐在我家附近逛街，逛完来我家休息。她买了个很大的电饭煲，拿出来给我妈展示过后，准备清洗一下，就拿厨房去。

我前一晚通宵没睡，在补觉，迷迷糊糊起来上厕所，坐在马桶上，拉了一半，迷迷糊糊看见眼前都是锅碗瓢盆——不对啊，我在厨房拉屎？我一个机灵站起来回头一看，我怎么坐到一个又大又白的电饭煲上了？

我说今天这马桶怎么那么矮呢！

我出来后还埋怨表姐：“姐，你这电饭煲放地上干吗啊，放地上你就放地上，你打开干吗啊，你买的什么电饭煲啊，长得跟个马桶似的……”

然后接着埋怨我妈：“妈，咱这房子怎么回事，厕所和厨房竟然是挨着的！”

表姐差点被我气哭……

表姐假哭着对我妹说：“芊卉，你哥哥欺负我，你快去打他帮我报仇！”

我妹走过来跟我说：“哥哥，你做错事了，姐姐让我打你一下，可是我又舍不得，那我就轻轻打你一下吧。”

然后她在我头上轻轻拍了一下。

3

高中时抑郁，抑郁得有点神经质。

某天中午去学校的路上，我看见一口没了井盖的井。

然后我就蹲在井口旁，焦虑得不知所措，顶着大太阳，想哭。

来往路人看我都是奇怪的眼神，终于有个阿姨停下来，问我：“孩子，你怎么了？你跟个井盖较什么劲呢？”

我：“这里有口井，没了盖子，我怕我妹妹出来玩，掉下去。”

阿姨：“你家住哪儿啊？”

我：“×××。”

阿姨：“那个地方离这里有一段路啊，你妹妹不会到这里来玩吧？”

我急成苦瓜脸：“那万一呢。”

大热天的，我就是不走，满头大汗到处找东西，想把井口给盖上，但光秃秃的大马路，哪有什么可遮挡的东西啊，越找不到我就越着急，越焦虑……

阿姨看我可怜，去附近建材市场买了块钢板盖在了井口上，我这才放心地离开。

现在想想觉得还挺有意思的，那时候我对所有事都麻木了，却为一个井盖急得团团转。

就像那时候我想不开的时候，我会在心里跟自己说：“就算你不放过自己，也要放过那个小女孩的哥哥啊。”

4

我妹和几个同学一起去同学家玩，同学妈妈是老师，帮大家辅导作业。

过程中同学妈妈让大家说出一件令自己难忘的事，别的小朋友都说了，就我妹不说。

同学妈妈想引导她说，就多“逼问”了她几遍，她在尴尬的氛围中就开始掉眼泪。

有个同学说：“阿姨，你别让她说了，她一直是这样的。”

同学妈妈批评她说：“芊卉，你这样不行的呀，别人都能说，这么简单的事为什么你就说不了呢？”

这紧跟着一批评，我妹直接崩溃，号啕大哭：“我都是我哥哥惯的，你们找他去，怪我干吗呀……”

然后就哭得不成样子。

同学妈妈也没办法，只好作罢。

呵，小芊卉，这锅我可不背！

说个好玩的事。

我在家放屁，属于毫无遮拦的那种，随便一放就是震天响。

有次我妹带同学来家玩纸牌游戏，一男同学俩女同学，我就在旁边看他们玩，跟着学习，大家都正聚精会神呢，我妹突然对其他小朋友说：“我想起一件事，就是我哥哥放屁特别响，你们可别被他吓着哦，不臭，就是很响，别被吓着就行……”

我，我，我这大脸往哪搁啊，骂骂咧咧滚回房间了。

这事儿没完，过了几天，当时在我家玩牌的小男孩，又带了一个小男孩过来玩纸牌，刚进门，我正弯腰给他们找拖鞋呢，听见新来的小男孩很小声地问另一个小男孩：“他就是你说的那个屁王吗？”

嗯，找了两双我妹小时候的旧拖鞋给他俩。

讲一件我和我妈的伤感小事。

高三是我抑郁症最严重的时候，每一天都很难熬。

有天夜里，凌晨两三点，我写完日记，一个人晃晃悠悠地走出家门，在大马路上晃悠。

晃悠了一夜……

天蒙蒙亮的时候，我又晃晃悠悠地走回来。

把钥匙插进门里，拧开，推开门，发现我妈穿着睡衣趴在沙发上哭得一抽一抽的，她听见开门声，慌忙抬头，满脸糊着头发，两眼泛红地看着我。

我被吓得有点不知所措。

我发现我的卧室门开着，大概明白了，她去我房间看我不在，趴在沙发上急哭了。可为什么会哭得那么伤心呢，直到她开口跟我说话我才明白，是因为她看了我的日记。我在日记里表达了很多负面的情绪，其中一句是：如果下辈子还做人，一定不要成为我自己。

我妈满脸眼泪，哭着说："对不起，是我让你成为你自己。"

7

我爸脾气比较暴躁，所以我和我妹都"不喜欢"我爸。

他现在好多了，年轻的时候更暴躁。

反正在我的印象里，我小时候几乎天天挨我爸的揍，而且对某几个挨揍的画面印象还比较深，比如一脚把我踹倒在地上，比如揪着我的耳朵，我的脚好像还离地了……

后来年龄大些，他打我，我就离家出走，青春期叛逆，有好几次差点跟他打起来。

我一直觉得，以我这种抑郁病态，如果没有我妈和我妹，我单独和我爸生活在一起，后果是毁灭性的。

我爸虽然不打我妹，但他也经常把我妹训得哇哇哭。

我爸是一个严父。

我和我妹都"不喜欢"我爸，甚至都很怕他。

我爸和我妈关系好的时候那是真好，但吵起架来也会互相动手打架。

有次他俩打架，我去拉，家里的东西被我爸摔得乱七八糟，我妹吓得哇哇哭，浑身发抖。

就那次，两人闹离婚，开家庭会议，讲好了一人带一个小孩，然后问我："你愿意跟谁？"

我没答。

他们问我妹，我妹哭着说："爸爸。"

然后我妈说："好，那我带儿子，就这样吧，离了。"

当然，后来没离。

我问我妹：“你为什么选爸爸呀，难道你喜欢爸爸？”

她说：“如果我选了妈妈，那你就要跟着爸爸了，爸爸总是打你，我不想让他打你。”

8

我觉得我妹的情商和智商都是超过同龄人的。

别人跟她聊天，都说她是个人精，语言能力超出同龄人太多。

她跟同学学游泳，一天就会了，没几天就比她同学游得还好。

她没学过书法，但是一年级时字就写得惊人地好看，关键字体还成熟，我把她的字分享在网上，网友根本不信是她写的，说是我写的！搞得我既无奈又开心。

最厉害的是，她记忆力惊人，背古诗超快，说过目不忘也一点都不夸张！

一二年级时成绩几乎都是双百。

我一直觉得并不断确定，我妹就是天赋型小孩，将来会一路超神。

但她到了三年级，成绩不断下降，这回期末一个九十多分，两个八十多分，很普通的成绩。

我爸拿到成绩后，就不停地训她，她哭着到我房间找我，趴我怀里求安慰。

我想着，也不能光安慰啊，还是要激励一下。

于是我问她：“你希望哥哥成为一个什么样的人？”

她：“可以说几个？”

我：“几个都行。”

她想了半天说：“三个，第一，我希望你像六小龄童一样成为一个作家。”

六小龄童在他们学校举办过图书签售会。

“第二，我希望你成为一个老师，以后来我们学校教我学习。第三，我希望你成为一名航天员，以后带我一起遨游太空。”

我：“你说的这些都很难欸，要很优秀很努力才能做得到啊，那你知道我希望你成为什么样的人吗？”

她：“不知道，那你希望我成为什么样的人？”

我心想问得好，接下来我可要展开教育啦，好让她努力学习。

我酝酿了半天，想起刚才她对我的期望，感觉好遥不可及，只是想想就好累啊。

所以想了半天，我还是说：“你开开心心的就好。”

我不期望你成为多么优秀的人，我只期望你永远是我开开心心的小妹。

所以我这算是被她策反了？

芊卉小姐姐

1

她两岁多那会儿，舅舅家的姐来我家玩。

我姐坐在沙发上低头玩手机，我带她在客厅玩西瓜皮球。

我说：“美羊羊，用球砸姐姐。”

我妹的小名叫美羊羊。

她一听我说要砸姐姐，愣了。

然后我拿起很轻的皮球砸到我姐头上又弹出去老远，说：“来，砸姐姐。”

她直摇头：“不要，不要，不要……”

我捡起球又朝我姐头上砸了一下，我姐：“哎呦！好痛哦。”

我妹生气地跺脚，摇头抗议：“不要，不要……”

我又砸了一下说：“我偏要！”

我妹走过来捧着我的脸着急地说：“不要，不要，姐姐，姐姐会痛的……”

我实习期没正经去实习，就在家呆着，一直很堕落，晚上不睡，白天不起，不出门也不收拾自己，房间乱糟糟的，醉生梦死。

我妈在我门上贴了张大红纸，上面写着“猪圈”。

某周末，我起了个大早，向我妹炫耀：“芊卉姐姐，我今天棒不？八点就起床了！”

她看了我一眼说：“又想骗我的香吻？”

然后拉我蹲下身来，在我脸上亲了一口。

我：“好了，获得天使之吻，今天又是元气满满的一天！”

过了一会儿，她苦着脸问我：“哥哥，你是不是好几天没洗脸了，我怎么感觉那么咸。”

我：“……”

3

跟我妹一起刷抖音，突然刷到一个在秀身材的美女，我妹一把捂住我眼睛说：“少儿不宜！”

我扒拉开她的手说：“少儿不宜？你才是少儿！”

她大眼珠子一转：“我，我，我是你姐！”

我：“……”

吃过晚饭，一家子坐在沙发上看电视。

看到电视里姐姐照顾弟弟的情节，我感慨道：“我的老天爷，太想有个姐姐了，从小就想有个姐姐，小时候看到同学的姐姐天天给同学送牛奶，可把我羡慕死了！”

我妹说：“我就是你姐姐。”

我：“话是这么说，可你毕竟不是真正的姐姐。”

我妹：“我可以做你真正的姐姐。”

我：“……”

我问：“那你打算怎么做我真正的姐姐，不会又说等我老了你给我推轮椅吧？”

她笑了，一副不知该怎么回答我的样子。

一笑而过，就接着看电视了。

过了一会儿，她拿着我的手机，趴在我耳边一顿一顿地唱：“让我做你的眼睛，说那样你才看得清，这首情歌唱给你听，把你当作天上星……”

她是在回答我怎么做姐姐，不过这喊麦少女突然上线，喊得我头皮发麻。

5

抑郁又回来找我了。

最近整个人的状态越来越差，一天到晚感到疲乏，精神上也疲乏，每天浑浑噩噩，什么都不想做，觉得生活无味。

特别特别怕孤单，所以去哪儿都带着我妹。

晚饭后带她出去散步。

一路上我不说话，她也不说话。

她突然仰着脸问我：“哥哥，你是不是不开心？”

我说：“是啊，不开心。”

然后就各自没话了，她压抑地长叹一口气。

路灯昏黄，车来车往，我又重新沉浸在自己灰色的世界里了。

走着走着她突然停住了说：“哥哥，你抱着我走。”

我有些烦躁地抱起她：“我心情不好，你还要我抱你，有那么累吗！”

她轻轻搂住我的脖子说：“你抱着我的时候，我就能抱抱你了。”

6

我妹有个缺点，就是不爱跟人打招呼，路上见到同学或亲戚跟她打招呼，或者别人送她东西，只要不是特别熟的，她就扭扭捏捏的不说话。

我在旁边的话，我就帮她打招呼或者弯腰道谢……

某天晚上吃饭，我妈针对这事疯狂地训她，很大声：“你都多大了，连跟人打招呼都不会，懂不懂礼貌！懂不懂礼貌！”

我刚要说话打圆场，我妈指了我一下，说：“你总不能让我们家管家替你打一辈子招呼吧！”

我：“我，我只是个管家？”

我妈训个没完，然后我妹在旁边默默掉眼泪。

训完，我妈看电视去了，回头冲我妹又凶了一句：“你给我好好反思反思！”

我妹在桌子边默默掉眼泪，我就凑过去安慰：“没事没事，问题不大，哥哥觉得你挺好的。”

我妹一回头冲我大哭：“都怪你！都是你惯的！”

好好好，我惯的我惯的，这锅哥背，哈哈。

我天生惧怕动物，尤其对老鼠，一般人无法想象。

以前家里还没买房的时候，我夏天铺着凉席在地上睡觉，悠哉悠哉，一转脸看见一老鼠在墙边，我不敢动了，吓蒙了，感觉它在跟我对视，我后脑勺鼓，躺着刚好脖子下形成一个洞，然后我眼看着老鼠朝我飞奔过来，毛茸茸的身子从我脖子下面钻了过去……

我当时有一种贞操被老鼠夺了的绝望，恶心得我两三天吃不下饭，只能喝可乐什么的，我妈疯狂给我喂健胃消食片。

后来买了房，我家住三楼，不知怎么钻进来一只老鼠，我就整天草木皆兵……

有一次我在卧室站着脱衣服准备睡觉，我穿黑毛衣，毛衣脱一半，袖子甩下来贴到腿上，我以为是老鼠，浑身汗毛倒立，大叫一声，跳起来蹲到床上吓得头晕目眩大口喘气……

我妹冲进来，抱着我说："哥哥别怕，来我怀里，哥哥别怕，来我怀里。"

那一刻我觉得她真就是我姐姐，小时候我特别特别羡慕别人有姐姐疼，所以当时我还故意多害怕了一会儿，让她抱着我多安慰我一会儿，我躲在她怀里，她的脸紧紧贴在我头上，小手轻轻拍着我的背……从小想要姐姐的梦想，在那一刻实现了，哈哈。

春天是被宠坏了的小孩

1

高中时。

我那些平时从不正经的哥们，看见我妹几乎个个激动得嗷嗷叫，捏脸，要亲亲，抱着去买零食，秒变暖心大哥哥。

每次一有事找他们帮忙，他们就说：“帮你可以，妹妹借我们玩几天。”

还有一哥们直接跟我说：“你妹妹这几天有事吗？”

我：“没事啊，她一小孩能有什么事？”

哥们：“那没事的话，能不能让我带回家喂几天？”

我：“……”

我妈都说：“可爱就是好，到哪儿都有哥哥。”

有一次好兄弟肖枫来我家，我正坐在沙发上看电视，我妹在跟我闹脾气，她要去找妈妈，而我妈出差了。

她就一直求我带她去。

我就半天休息时间，没法同意。

然后她就楚楚可怜地找肖枫去了，说：“肖枫哥哥，你带我去找妈妈。”

肖枫把她搂进怀里笑着对我说：“你给我点好处，不然我可挑拨你们兄妹俩的关系了，快快快，给你一分钟时间考虑。”

“嗯，我想想，好好好，不就想要包好烟吗，给你买！”

肖枫笑着点头说：“行。”

就在这时，我妹说：“肖枫哥哥，你带我去找妈妈，我把我送给你玩。”

一瞬间，肖枫狂笑着扑过来掐着我的脖子把我摁倒沙发上说：“快！立刻！马上！带我妹去找妈妈！不然我就弄死你！”

我妹在旁边咯咯笑。

2

我，我妹，我女朋友，我们三个人一起逛街。

她俩都说想吃冰激凌，然后她俩在阴凉处等我，我去买。

我就买了两个，开玩笑说：“嗯，就剩两个了，大姐姐一个，我一个，小朋友就不要吃了吧，拉肚子。”

我妹斜着眼瞅了我半天说：“从现在开始，我是你表妹！”

我笑死了，把冰激凌给她：“现在呢？”

她舔了口冰激凌说：“亲妹。”

嗯，是纸糊的兄妹情无疑。

跟我妹一起在电脑前看《晓说》，她坐我腿上。

我看得特入迷，她就莫名很皮，一直按暂停键，我一时失控，很不耐烦地说了句：“哎呀！好烦！”

空气瞬间凝固，说完我就后悔了。

她趴在桌子上一动不动。

我……好难受，高晓松还在视频里“尬聊”。

过了会儿她从我腿上下来，走了。

我扶着额头，更难受了。

难受够了，我想出去看看，我一回头，发现她一直没走，就默默趴在我椅子后座上，眼泪都淌到下巴了，撇嘴说：“就算你讨厌我，我也喜欢你。”

4

快过年的时候我在小姨的水果店帮忙，我妹也在，她跟小姨在收银台打称收钱。

一个年轻妈妈带着一四五岁的小女孩来买草莓，我上前接待，小女孩非常可爱，长头发齐刘海白白嫩嫩软萌软萌的！

她妈妈在挑草莓，她拉着她妈妈的衣服奶声奶气道：“妈妈，我要‘次吵莓’（吃草莓）。”

她妈妈说：“我还没买好呢。”

她撒娇道：“我就要嘛，我就要嘛。”

她妈妈看了我一眼说：“那你跟这个哥哥撒个娇，看哥哥愿不愿意给你一个尝尝。”

然后她就盯着我说：“哥哥，你看我可爱吗？”

我都激动了：“可爱呀！”

她说：“那……我能‘次’你一个‘吵莓’吗？”

我激动：“能啊！能啊！”

我拿起俩草莓说：“你等着，我去给你洗啊。”

回来的时候，给了她俩，左手一个右手一个。

然后这个时候我妹来了，说：“小妹妹，你看我好看吗？”

小妹妹点头，说：“好看。”

我妹两手一伸：“那你把草莓都给我吃吧。”就……都抢走了。

我蒙了，小妹妹一头哭倒在妈妈怀里，场面尴尬。

我怕会吵架，就抱着我妹跑了出去。

⑤

春天来了。

我妹的老师要求小朋友和家长一起编一首春天的歌谣，我就带她去森林公园踏春去了。

走着走着，我望着天空问她：“芊卉，你觉得天空是什么味道的？”

她问我：“天空都有哪些味道？”

我说了一堆吃的。

她说：“冰糖的味道。”

我心想，这就对了。

她反问我：“你觉得天空是什么味道的？”

我说：“苦的。”

她又问我：“那云呢？”

我说：“苦的。”

她说：“喂！云像棉花糖一样啊，哥哥。”

我说：“那也是苦的。”

她很聪明，知道我是怎么回事，我感觉到她长长地呼了一口气，看着可难过。

我说："在我的世界里，天空是苦的，云是苦的，风、树、河流、楼房、食物，都是苦的，来来往往笑靥如花的人儿也是苦的，全都是苦的。"

她问我："那你觉得什么是甜的？"

我认真想了起来，没说话。

她等急了问我："是不是没有让你觉得甜的东西？"

我说："有啊。"

她问："是什么？在哪儿？带我去看看。"

我说："在我手里啊。"

她看了眼我拉着她的手，笑了。

一切都是苦的，只有妹妹这个小可爱是甜的。

最后交给老师的儿歌是这样的——

《春天是被宠坏了的小孩儿》

天空是蓝莓味儿的
云是棉花糖味儿的
楼房是樱桃味儿的
风是冰糖味儿的
人儿是水果味的
树是嘎嘣脆的
春天是被宠坏的小孩儿
全世界都是它爱吃的

⑥

以前我在学校的时候，许久不回来，我妹就念叨我，都能把我妈念叨疯。

终于搞完论文，提前从学校回家，正好那天晚上她有舞蹈课，我们约好等我到了，就去接她回家。

我去得晚，别的小朋友都走了，就剩她了，她收拾好东西，端坐在小鞋柜上等我。

她抿着嘴想笑又不笑。

老师问："小卉卉，什么事这么乐呀？"

她说："我感觉这个玻璃门很甜。"

老师问："为什么是甜的？"

她说："因为我总感觉我哥哥马上就会进来把我抱走。"

是的，每次都是我抱她下楼的，虽然她会走路。

⑦

有一次在学校好久没回家，我妹念叨着想我，我妈突发奇想就带我妹来学校看我。

来到我们宿舍，她一进门就挨个叫哥哥好。

宿舍刚好聚了好多人，她叫一声哥哥，他们就一起答："欸，妹妹好！"

我："……"

一隔壁室友凑到我旁边，笑得很猥琐，说："你妹妹好可爱啊，我能不能捏一下她的脸，不使劲！"

我："你问我妹同不同意。"

我妹很乖地走过来，鼓了下脸说："哥哥，你捏吧。"

我赶忙抱起她说："别，咱是仙女儿，不能随便给人捏。"

我妈跟我同学聊天。

我妹跟我说："哥哥，我嘴巴里没味道。"

我秒懂，然后就带她下楼买吃的去了。

走在校园里的时候，我妹走在我前面，我超开心，开心到幼稚起来——我在后面学她走路。

她觉得不对，回头看了我一眼说："别学我。"

我说："我偏要。"

我接着学她。

她转身推了我一下，跑了。

我又学她跑。

她站住不动了，盯着我看，吐舌说："你学啊，我不动了，我不动了。"

我一把把她抱起来，朝超市跑去。

她大喊大叫："啊，救命啊，啊，救命啊，卖小孩了，卖小孩了……"

一路上好多情侣纷纷转脸看我们。

呵呵，对象好找，你们有这么可爱的妹妹吗！

我买了一大包吃的从超市出来，我妹说："哥哥，你买这么多我又吃不完。"

我说："我知道你吃不完，吃完就成猪猪啦！"

她说："那你买这么多干吗？"

我说："我就是想给你买啊，全都想买给你，哥很淳朴，就想给妹子花钱！”

啊，就是那种心情，好高兴啊，好想给她买买买，这也想买给她，那也想买给她，全都想买给她。

回宿舍坐了会儿，我们娘仨下去吃饭。

我抓了把瓜子在手里嗑，心情太好了，我一边嗑一边丢，走着走着发现我妹不见了。

我跟我妈回头找她，发现她蹲在楼梯上捡瓜子壳。

我问：“你捡它干吗？脏的。”

她摇摇头说：“没事。”

我说：“那走吧。”

她说：“你抱着我。”

我抱着她走了。

吃饭的时候，我妈去点菜。

她悄悄跟我说：“哥哥，你以后别在楼梯上扔垃圾了。”

我说：“怎么了？”

她说：“我在你们宿舍楼梯上看见那个奶奶搬垃圾的时候，一次搬了两桶，两个比我还大的桶，都是卡在腰上搬的，都快走不动了，特别可怜。”

我秒懂，我们的垃圾都是扔在大桶里，老阿姨卡在腰间一点一点挪步搬下去的，而且是六楼。

我抿嘴点头说：“好的，哥哥改！”

我又问：“所以你在楼梯上帮我捡瓜子壳对不对？”

她点头。

我没说话，羞愧中微微点头若有所思。

过了会儿我问："那你在楼梯上要我抱你，是想让我体验下阿姨的辛苦？"

她说："不是，你抱着我就没手丢垃圾啦。"

我说："那你刚才在楼梯上让我别丢不就好啦？"

她轻轻拍了一下我的头说："我直接说妈妈会骂你的啊，笨蛋！"

请你快点好起来吧

1

某晚我正在写代码，我妈走进我房间阴着脸说：“你妹妹可能得了面瘫。”

我五雷轰顶，冲出去把我妹抱在怀里再三确认……嗯，右脸已经不受控制了，笑起来嘴巴会向左歪。

我一夜没睡，拿着手机，手抖着查这个病，有些人可以完全康复，有些人则一辈子不能完全康复，后者想想就喘不过气来。

这病最怕拖，第二天我爸带她去了苏州。（我一夜没睡，担心自己会猝死，就没跟着。）

为了保险起见，之后我每天五点起床带她去上海，抱着她或牵着她的手，打车走路，马不停蹄。上海所有能看的医院，每个医院都挂三个特级专家号，有中医的话中医也挂……光挂号费就花了小两千。

最后所有医生给的治疗方法都差不多，我终于心安了些。

所有医生都嘱咐不能吹冷风，要热敷要按摩促进血液循环，所以我跟到她们班里陪她上课去了。

我搬个小板凳坐她旁边，她聚精会神地听讲，我用热水袋帮她敷脸，并盯着来自四面八方的风，只要一发觉有风，我就赶紧双手捂着她的小脸，有时我一激动口水都给她挤出来了，她总是一动不动，大眼睛一眨一眨的，等我撒手，她再接着好好听课。

那几天风大，她就一直被我“囚禁”在教室里。

她很生气，说：“你一直不让我出去，等你老了，我就把你和你的轮椅关在家里，我自己出去玩。”

我：“……”

放学时她想蹦蹦跳跳着走，我不允许，强行抱着她，她反抗无效，大喊大叫，我说再乱动就不给买好吃的，哥令如山，她最终乖得像只小猫趴在我肩上。

过了一会儿她的小脸颊紧紧贴着我的脸，我问：“贴这么紧干吗？”

她说：“你脸大，可以帮我挡挡风。”

我：“……”

晚上睡觉时，我怕她往右侧睡，会压迫右脸神经，我就坐在床上整夜看着她，她只要右侧睡，等五分钟，右侧差不多歇够了，我就给她调到左边。

带她去上海看病那几天，我四天三夜没合过眼，白天带她看病，晚上看她睡觉。

累不累？不累，光顾着担心去了，人恐惧起来是不会累的，也没有睡意。

看着芊卉姐姐睡觉也很有趣，穿着粉粉的小睡衣，嘴巴嘟嘟的，还会轻轻地打呼，还会吧唧嘴，还会说梦话，动不动就踢被子，最近又胖了些，脸蛋肉乎乎的，像小猪猪一样。总忍不住亲亲她的小脸蛋，我还专门去剃了胡子，每次亲完我都跟自己说：这必须是最后一口，再亲芊卉姐姐就要醒啦。

忧心忡忡的夜可真长啊。

芊卉姐姐的睫毛左眼一百八十六根，右眼一百七十三根。

她要去上舞蹈课。

我担心同学会笑话她，就不让她去。

她非要去，说同学不会笑话她的。

好吧，去就去吧。

我有辆白色电动车，我妹给它起名小白羊，我骑小白羊去接她下舞蹈课。

在楼下，我坐在小白羊上说：“来，上来吧。”

她看了看我：“我坐哪儿？”

我：“后面啊，上来，带你回家吃好吃的。”

她指了指我前面。

我：“嗯？”

她笑着说：“我想坐在你怀里。”

我：“好，来吧。”

小白羊缓缓行驶在回家的路上。

我说：“你刚才指我前面，我还以为你想坐车头上呢。”

她：“喂！哥哥，我又不傻。”

我笑着说：“你要是坐在车头上，一刹车你就飞出去了。”

她：“那你得哭死。”

回到家以后她一个劲跟我妈说：“我们舞蹈班根本就没有同学笑话我，哥哥还说会有人笑话我，他们只是关心我，问我问题，没人笑话我……”

我妈看着我，笑了一下，意思是效果很好。

我也笑，心想：嘿哟喂，你个小没良心的，还不是我上课前火急火燎地去买了两箱酸奶把你同学都收买了，要不然谁看着歪嘴的小孩不想笑啊！

正笑着，我突然又觉得很难过，如果你一直好不了，永远歪着嘴，我该怎么去收买你越来越大的世界呢。

小芊卉，叫你一声姐姐，请你快点好起来吧。

带我妹看病的时候，给我印象最深的是陆医生，她看见我一直很紧张的样子，问我：“你是不是挺紧张的？”

我：“对，从她生病起我就没睡过觉。”

她：“啊？！没必要，该吃吃该睡睡。”

我：“医生，她能完全康复吗？”

她：“不一定的。”

我没再说话。

她笑着问我：“要是不能完全康复呢？”

我苦笑说：“别吧，我还有抑郁症呢。”

接着陆医生安慰我好久，这是作为神经内科医生分外之事，很温暖。

出来后我妹问我：“哥哥，你是不是特别担心我？”

我：“不是，你没听懂我跟医生的对话，我只是担心她话太多，浪费时间，回家没车啦。”

她点点头。

其实我就是很担心你，我这辈子应该是不能开怀大笑了，我希望你可以。

6

带我妹连续去了四天上海，最后一天回来的时候，已经是晚上八点了，我突然觉得家里的门很神奇，进门前我还精神抖擞，进门后我就精疲力尽了，那是一种可以依赖的感觉，我终于可以倒下了。

我妈在厨房做饭，我靠在门框上看她做饭，我妈问我：“回来啦？死心了吧？”

我点点头：“最好的医院都看过了，死心了。”

我妈：“儿子辛苦了。”

我笑着不说话。

我们娘俩聊天，聊起以前的事——

我妈打算怀我妹的时候，还专门问我：“给你生个妹妹或弟弟怎么样？”

我指了指阳台说：“你看见那边的阳台了吗？”

我妈：“看见了，怎么了？”

我："我会把她从那扔下去。"

我妈："信不信我踢死你。"

我妈说："你现在应该很想把她扔下去才对，生个病把你折磨成这样。"

我转脸看着沙发上的芊卉姐姐，说："不扔了，我只是觉得我现在有两颗心脏了，一颗让我活着，一颗让我提心吊胆。"

⑦

吃晚饭时，我对着自己眼前的一大碗牛肉汤感慨："天，这个碗比我的脸还大。"

我妹走过来把我的头按在碗上说："虽然这个碗比你的脸宽，但是没有你的脸长，如果把你的额头和下巴割掉补在旁边的话，应该是放不下的，所以这个碗是没你脸大的，哥哥。"

我："别叫我哥！"

哈哈，真气！

⑧

我妹生病，我女朋友请假来看她。

我们仨一起聊天，我坐她俩中间。

女朋友抱着我故意跟我妹卖萌说："你哥哥是我的。"

我笑了，心想：哎呀，这不没事找事嘛?

我妹反问："那你是谁的？"

女朋友歪头又噘嘴："我当然是你哥哥的。"

我心想：妈呀，在小孩子面前……好尴尬。

我妹："你是我哥哥的对吧，我哥哥是我的对吧，所以你俩都是我的。"

我发现，我妹虽然一笑嘴巴会歪，但依然很爱笑，反倒是我整天愁容满面。刚知道她生病那晚急火攻心，嘴里生了三个溃疡，她整天跟没事人一样，照样吃吃喝喝，嘻嘻哈哈，我想是因为她身上有很多的爱吧，她不相信这个世界会变得很糟。

你肯定会幸福的

1

六一儿童节，我给忙忘了，就没及时送我妹礼物。

我打视频电话问她："你想要什么礼物啊，哥哥给你买。"

她想了好一会儿，为难地说："我也不知道。"

我："那你想好了告诉我。"

到了晚上，她在微信上跟我说想好了。

我打开淘宝，蓄势待发："你说，哥哥现在就买，想要啥？"

她说："我要你好好吃早饭。"

我通常失眠到凌晨四五点，早上好不容易睡着，吃早饭是不可能的，已经很久不吃早饭了。

但我答应她了，我每天一大早就爬起来，跟室友去吃早饭，吃饭前还拍早餐照片发到我妈手机上给她看。

她看见了，给我回："棒！"

这个"棒"字，莫名让我感觉自己是智障，哈哈。

我问她："我的照片里可没露脸啊，你不怕我骗你吗，也许是我让同学随便帮忙拍了一份早饭发给你的呢？"

她："你又不会骗我。"

我："好吧，哈哈。"

到了晚上她又给我发消息。

她：“哥哥，刚才妈妈跟我说，你早上吃饭的照片可能是骗我的，你别骗我好不好？”

我：“不骗不骗，我骗谁都不会骗你的！”

她：“如果你骗我，我就一直哭一直哭。”

某天带我妹在学校打球。

她在旁边等我，有些无聊，就大叫着跟我聊天。

她大叫：“喂，哥哥，你别砸到我啊。”

但其实我离她远着呢，根本不可能砸到她。

旁边一个大叔在休息，问她：“你哥哥打球砸到过你吗？”

她：“以前砸过。”

大叔：“那你恨他吗？”

她扒着围栏，想了想说：“他砸我的时候我就恨他，他不砸我的时候我就可喜欢他啦。”

小区里有个跟她一样大的小妹妹，但比她高些。

我牵着她去药店，在小区里遇见了那个小妹妹，我转脸跟她说：“你看看人家个头多大，我牵的这个怎么就这么小呢？”

她笑着不说话。

我：“看吧，让你好好吃饭，你不吃。”

她鼻子一皱，小脸使劲儿一扬：“哼！”

吃完晚饭，我妹问我：“哥哥，你看我今天吃得多不多？”

我一愣，我突然意识到我随口说的一句话她就当真了，她开始使劲吃饭了。

我摸着她鼓鼓的肚子说：“你吃这么多干吗呀，不撑吗？”

她指着我一脸无语：“你不是让我看看人家嘛！嫌我比人家个头小！”

我：“对啊，但我还是更喜欢你啊。”

“你不知道吗？我最喜欢的是你啊，我永远都最喜欢你啊，所以你不用做那个努力讨好别人的小朋友，你开心就好，就算你任性，就算你不讲道理，就算你坏毛病一大堆，就算你做了天大的错事，我还是最最喜欢你啊。”

因为你是我的亲生妹妹啊。

我妹三岁多的时候，我经常说：“来，亲哥哥一下。”

她趴在我脸上亲一口，我就会说：“哎呦，真甜。”

有一回家里来了个小弟弟，闹脾气，哭个没完。

她抱着小弟弟亲了一口，然后把脸贴在人家脸上，一脸期待地问：“甜不甜？”

嗯……她竟然真的以为她的吻是甜的。

我喜欢看老头下象棋，全神贯注，一看就是一下午。

知道我最怕的是什么吗？就是我聚精会神的时候，我妈在我背后猛拍一掌，几乎让我魂飞魄散。

要是我妹来了呢，一定会捂着我的眼睛。

我：“是仙女儿？”

她：“不是。”

我：“是天使吗？”

她：“不是。”

我：“是小公主吗？”

她：“不是。”

我：“那我想不出了。”

她：“我是你姐！”

后来我还专门为这事教育过她：“在外面我是你哥，在家你才是我姐。”

我都是蹲着看人下棋，有一次我妈来拍我，我妹赶忙趴在我背上护着我，我妈要揪我耳朵，她就慌忙乱打，挡我妈的手：“喂！喂！喂！哥哥很痛的。”

我直起身子，把我妹放下来说：“芊卉，你下来，待会儿她打到你怎么办？”

我妹大叫：“你是不是傻啊，她会打你的！”

我：“打我两下没事，你这小身板一掌就碎了。”

我妹：“哎呀，你不懂，我保护你，她就不会打你。”

我：“你让开，会有生命危险的！”

我妹：“要死一起死！”

我：“哈哈，你果然是我的好妹妹，来世我们还做兄妹！”

我妹：“好，来世我们还做兄妹！”

我妈：“……”

6

带我妹去参加舞蹈表演，整个舞蹈班都去的那种。

正式表演之前有很多次彩排，彩排的空档我们去买吃的，然后就没来得及登台，我们站在舞台旁边看，我妹的小伙伴们下来的时候，看见她，一人一张嘴："你干吗去了呀！你怎么才回来呀！就差你了……"我把她搂在怀里，屁股对着她们说："都怪我都怪我，求原谅，大家都是姐妹！"

等到正式表演的时候，大家都排队准备上舞台，我妹一动不动，要哭的样子。

我蹲下来安慰她，什么责任感呀，集体荣誉感呀，要勇敢呀，要坚强呀，没关系的呀，都说了个遍，她还是无动于衷，一副要哭的样子。

老师来了，安慰了她几句，就强行推她上台，我看老师推她，心疼得要死："老师老师，你别动她，我来我来。"

我看着她要哭的样子，蹲下搂着她，一本正经地问："如果今天我是弟弟，你是姐姐，我不去跳舞，你会怎么办？"

她嘴一撇，眼泪就出来了："我会把你抱走。"

我心一颤："好，那我也把你抱走。"

我直接就把她抱走了。

回头我去找老师解释，老师连忙跟我挥手说："没事没事，学艺术最重要的是兴趣，别让芊卉反感，害怕跳舞就好了，孩子嘛，再说我一开始就知道是这个结果，我还不知道你这个哥哥，宠得嘞。"

7

服药，副作用导致困倦，注意力无法集中，失眠，每天浑浑噩噩什么事都做不了，可我要做的事又很多。

越来越急躁，越来越崩溃，越来越恨自己。

我想起来抽烟能提神，就买了两包，在房间里暴抽，不会抽，一次嘬一大口，狂咳，咳得眼泪直流。

我爸跟我妈在外面吵了起来。

我爸想进来把我揪出去，我妈不让。

我爸说："那我去把窗户打开，吸自己二手烟不得完蛋？他爷爷就是这么吸死的。"

我门没锁，也懒得关死，我都做好准备了，我爸如果进来，我会被打，会不会还手我不知道。

我妈说："你在外面说，他知道，别进去。"

我妈懂我，知道我需要什么。

我爸在外面大叫："吸上瘾了你少活十年！"

我爸脾气好多了，换作年轻的时候应该会进来踹我。

很快一包烟就没了，房间里烟雾缭绕，头晕得想死过去。

我要去厕所，迷迷糊糊站起来就看见我妹像个洋娃娃一样躺在我床的上铺——我的床是双层的，大眼睛一眨一眨。

我一惊："你怎么在这儿？都是烟。"

她说："烟太多了，我来帮你吸两口。"

我赶紧把她抱了出去。

为了避免我爸训我，我直接抱她出去购物了。

我抱着她晕乎乎地走在路上，都不怎么能走稳，我说："我不怕爹不怕娘，就怕你这根小软肋……”

她趴在我肩膀上说：“谁让你喜欢我的。”

8

带我妹去看望患白血病的亲戚，阳。

阳有个两岁多的女儿。

我们聊了很多，家长里短，人生哲学……没话聊的时候，就都沉默了，他突然很感慨，说：“有时候看着我闺女，心疼。”

我问：“为啥？”

他笑着说：“因为男的没一个好东西，长大了肯定被男的骗。我自己就是男的，我还不清楚男人都什么情况吗，十个男的九个不是好东西。”

我笑了，竟然很同意，哈哈。

我妹就在旁边，听得一愣一愣的。

我：“怕什么，咱也是男人呀，谁欺负咱宝贝，咱欺负回去！”

他：“可是我快要没了。”

我：“哎，你说什么呢！”

接着话题就被我岔开了，聊起了开心的事。

晚上回去的路上，我还是一直沉浸在阳的那句话里走不出来。

“我快要没了。”

长长一声叹息。

也不知我妹能不能听懂，我自言自语说：“我是不会消失的，我会一直跟在你身后，你肯定会幸福的，不是在别人那里，就是在我这里。”

我只负责说爱她

1

我有个毛病，就是不咋吃早饭。

因为这事儿我妈天天念叨我，说各种不吃早饭的危害吓唬我。

但没吓唬到我，倒是把我妹吓着了。

某天上午醒来，发现我电脑上有个火龙果和一张纸条，纸条上写着：哥哥，你要是不想吃早饭，就吃火龙果吧。

这已经很贴心了对吧，但她后面还写了一句——你一定要听我的话，因为我爱你。

芊卉妹妹最近特别会犯嗲。

带她出去聚餐，如果我妈在的话还好，她会黏我妈，如果我妈不在，她就黏我。

吃饭绝不坐我旁边，只坐我怀里。

不是坐腿上，是坐我椅子的前半部分，这很影响我吃饭啊，怕油滴她头上，我只能用盘子接着放进嘴里。

但好处是，我吃累了就把下巴搁在她头上，听大家聊天。

在二舅那里吃饭的时候，我把下巴搁她头上，舅妈怪我欺负她，我就不搁了。

后来四姨家妹妹生日，在饭店吃饭，她还坐我怀里，吃着吃着她抬头问我：“你怎么不把头放我头上了？”

我：“不放了，怕你累。”

她仰着脸说：“我不累。”

我：“累，怎么会不累。”

她：“哼，你不把头搁我头上，我就不吃了！”

我：“嗯？”

夏日闷热，傍晚好不容易有风时，骑电动车带我妹去兜风，她坐我后面。

缓缓行驶在马路上，突然眼里进了一粒沙，我的天，就没进过那么大的沙粒！揉也不行，不揉也不行，硌得我眼泪直淌，我就把车停在马路旁边，趴在车把上，闭着眼睛一动不动。

过了许久，还是不见好，难受得不知所措。

我感觉到芊卉妹妹伸手轻轻搂住我的腰，脸颊紧紧贴在我背上。

我内心瞬间平静了好多。

这画面如果在电影里应该是个长镜头，一辆白色电动车停在马路边，哥哥趴在车把上，妹妹抱着哥哥一动不动。

当时她什么也没问，只是过了许久，轻轻抱住了我。

她可能以为我又难过了吧。

④

芊卉妹妹最近又胖了点，现在是名副其实的微胖女孩了。

很烦，每次我妹胖了点，就有一堆人来跟我说让我提醒我妹减肥。

前段时间，我妈的一位老友，我叫她阿姨，她见过我妹瘦瘦的样子，最近又见了我妹，跟我说：“你妹妹没以前漂亮了呀，现在有一点胖呀，要给她减减肥呀。”

我：“减不下来的，她是我妹妹。”

阿姨：“我知道她是你妹妹呀，我说的是你要监督她减减肥呀，小女孩瘦下来好看的呀，而且她学跳舞的，辛苦一点嘛，把肉肉减下来，跳舞也好看的呀……”

我没再说话。

其实我想说的是，对你们来说，她只是一个小女孩，她要瘦、要好看、要懂事、要可爱，可对我来说，她是我妹妹，我只要她开心、健康、平安。

⑤

带她在公园玩，大树底下，她跟几个小朋友玩纸牌游戏，我在旁边玩“王者荣耀”——一款手游。

她：“哥哥，我要尿尿。”

我：“好，去吧。”

她一直盯着我看，不说话。

我：“我知道了，去吧。”

她还是不说话。

我："怎么了？"

她双手举得老高，说："你看太阳那那那那么大，我那那那那么小，你不心疼我吗？"

我："哦哟，心疼的，心疼的，心疼死了。"

然后我就骑车带她去了，一共二十来米的距离，就因为骑车，我作战受到了严重影响，游戏输了。

其实游戏输赢并不重要，重要的是上厕所的时候不要玩游戏。

就比如我，看我妹上厕所去了，我拿着个手机迷迷糊糊也进了厕所，站在小便池前，我以为我脱好裤子准备好了，就开始尿了，但其实并没有，然后满腿温热。

是的，我在厕所，尿裤子了。

我怕被我妹笑话，就用水把整个裤条都弄湿了，假装男厕所自来水泄漏，我滑倒了。

出来后，为了让她信我，我还一本正经地跟她讲了男厕所的水有多深，以及我是如何滑倒的。

最后她问我："哥哥，你鞋子怎么没湿？"

我："……"

6

在小姨店里。

芊卉妹妹惊奇地叫："哥哥，这里有蜘蛛！"

我："真的假的，这里能有猪？"

她："哈哈，是蜘蛛。"

我抬头看见一只蜘蛛正从天花板沿着丝爬下来，我碰了它一下，它赶紧往上爬，我本能地想把蜘蛛丝拦腰斩断。

我妹大叫：“不要！”

我低头看她：“干吗？”

她可怜兮兮地说：“让它回家，让它回家找妈妈。”

还有一次，是她很小的时候了，应该是她上小班或者中班的时候。

我带她去买菜，停车时，发现一只不知从哪里跑出来的龙虾，我大叫：“捉住那只龙虾，晚上回去煮了吃！”

然后我先把她抱下车，她赶紧跑了过去，弯腰跟龙虾说：“你快跑吧，我锅锅（哥哥）要吃了你！”

最后龙虾还是被我活捉了！

我妹：“这只龙虾好可怜呀，要被你吃掉了。”

我趁机对她展开安全教育：“龙虾的爸爸妈妈和哥哥是最可怜的，龙虾晚上被我们吃了就什么都不知道了，可是它的家人一定很着急，找不到它肯定会没日没夜地哭，一辈子痛苦，所以你一定不要像这个龙虾一样一个人到处乱跑，万一被坏人抓了，可就糟了。”

我妹叹了口气，有点伤感地说：“我知道了，龙虾的家人可真可怜。”

我又带她买了两斤龙虾说：“不用担心，你看，我帮它找到家人了，带回家晚上一块儿煮。”

去看中医，我妹也跟着去的。

拿了药，老中医握着我的手再三嘱咐我："不能吃辣，不能吃海鲜，药一定要按时吃……"

老中医一遍遍地说，把我都说烦了，我说："好好好，晓得啦，晓得啦……"

我妹在旁边说："放心吧，医生爷爷，我会监督他的！他肯定会听我的话的，他最喜欢我了。"

嘿，把你能的。

高中有个同学，高三时不堪精神压力，退学了，退学后有一次他发表动态，说："我有很多个被世界遗弃的时刻。"

看得我心底一凉。

我大概知道那种感觉。

年龄我都能记得很清楚，那年我九岁，有一次我跟我爸吵完架，然后又跟我妈吵了一架。

吵完我气得发抖，趴桌子上写作业，笔都拿不稳。

我爸很幼稚，过来瞪我，我也狠狠地瞪他。

他抬手假装要打我，我抬手也假装打他。

他冲我笑，我朝地上吐了口唾沫。

他嬉皮笑脸地说："你看，我讨厌你，你妈也讨厌你，还有谁喜欢你。"

我没理他，放下笔，走出房间，出门，乘电梯，上了顶楼，坐在顶楼楼梯口大哭，没有一点声音的那种大哭，面目狰狞，满脸眼泪，但一点声都没有。

那就是我被世界遗弃的时刻。

我才九岁，父母就是我的全部，我爸跟我说：“你看，我讨厌你，你妈也讨厌你，还有谁喜欢你。”

这件事给我留下了很深的阴影，导致我小时候喜欢讨好父母，后来也喜欢讨好别人，到现在如果身边有两个以上的人同时不理我了，我就开始怀疑是不是自己的性格有问题。

我爸总说我对我妹太宠，没有底线，会把她宠坏。

没错，我就是没有底线，我就是要把她宠坏。

如果她犯了错，在家有爸妈指责教育，在校有老师指责教育，在社会中生活会指责教育。

我不会再指责了，即使她千错万错，即使所有人都怪她，我也不会怪她。

我只负责说爱她。

我对她没有底线，因为我就是底线本身，是她永远的最后一层余热。

有我在，芊卉妹妹不会有被世界遗弃的时刻，她的世界不会彻底凉下来。

有一次好不容易睡了个早觉，然后就做噩梦了，梦见有人半夜来我们家偷芊卉妹妹，而且成功偷走了……

一切都太真实了，给我吓出一身汗，最后吓醒。

我赶紧跑到她房间看看，还在！

大半夜的我竟然很开心？于是赶紧跑到厨房拿了个勺子打

开冰箱连挖了两口冰西瓜放进嘴里庆祝一下！

为了我妹的安全，我就把她抱到我房间了，放在我床上睡，我在旁边打游戏，看着她就很安心。

我妈半夜上厕所，去给我妹盖被子，发现她不见了，吓得半死，跑我房间来看，说："她怎么在这儿？"

我："我……我一个人害怕，让她来陪陪我。"

我总不能说防止有人来偷我妹吧！

我妈一脸嫌弃："你真把自己当宝宝了？！"

我："……"

然后我妈把我妹抱走了，理由是我床上铺的是凉席，怕她着凉。

等我妈睡了，我又跑到我妹房间，坐在她床上打游戏。

我一直玩鲁班（游戏角色名），有一把打赢了，我特高兴地冲熟睡的芊卉妹妹说："放心吧，小妹，我小鲁班保护你！"

感觉那一夜我的智力回到了小学。

原来是我黏你啊

1

我妹舞蹈考级，我们约定好的，我骑车带她去。

但我完全忘了，前一晚跟姨弟康在外面玩了通宵，早上回来睡得不省人事。

我妈最恨我熬夜，暴怒，就逼我妹把我叫起来，打车带她去考级。

我妹怎么都不愿意，一直求我妈说：“妈妈，你就带我去嘛，让哥哥睡觉……”

我妈最后说：“好，就算是我带你去，你也得把他叫起来，治治他。”

我妹：“不要。”然后气得坐在沙发上要哭。

我妈：“你不叫，我也不带你去！”

我妹气得眼泪直掉，撇嘴说：“不去就不去，我就不叫，你不心疼他我还心疼呢。”

前几天暴热，我是长发很容易油，一冲动剃了光头。

刚好那天小姨店里聚了很多亲戚，我过去后，都笑话我，几乎每人嘲笑我一句。

“剪了头发才发现你脸这么大。”

“哈哈哈，脸挺胖。”

“怎么剪这个发型，好丑。”

“好像劳改犯。”

因为都太亲近了，都觉得我不会生气，所以都用最刺耳的话戳我。

我脸皮虽然厚，但也架不住别人说我像劳改犯啊。

我被说得极不舒服，板着脸谁都没理，牵着我妹直接就走了，气氛相当尴尬。

在停车场，我坐上电动车，示意我妹坐上来，她站着不动，盯着我的头笑。

我：“怎么了？”

她踮起脚搂着我的脖子，把我头压了下来，然后在我头顶亲了一口说：“好帅。”

我妹真的很挑食。

漂亮的女孩都挑食，这可能是铁律，仙女嘛，香菜、洋葱、韭菜什么肯定是不要吃的。

但我妹吃西瓜也很讲究，就是只吃中间部分，所以一块西瓜拿到手，只吃几口中间的。

为什么会这样？原因有两个：

一、小姨家就是卖西瓜的，西瓜太多了。

二、我惯的。

每次她吃几口中间的，剩下的都是我包圆，不然妈妈和小姨都会骂她。

我把剩下的都吃了，即使我妹吃西瓜的方式娇纵些也没事，我妈也没理由骂人，我们兄妹俩一起吃西瓜，又没浪费，我惯着，怎么了？

所以，我减肥最大的阻力就是我妹了吧。

4

之前外卖小哥找不到我家，我就跟他说，你随便在小区里找个能交流的小孩问问，他会把你带到我家的。

然后没多久，外卖小哥就来了，说是一个小朋友一直把他带到楼下，很惊奇的样子。

喀喀，我可以毫不夸张地说，我就是我们小区的梅长苏，哈哈哈，小区里所有小孩都被我用大量零食和“恐吓”纳入麾下了，我不仅把他们纳入麾下，还教他们如何友好相处。

是的，你没听错。

我费时费力费钱讨好那么多小朋友，不是闲得无聊，也不是喜欢跟小朋友玩，仅仅是因为我不想我妹在小区里被其他小孩欺负，被小团体冷落排挤。

所以我把所有小孩都变成了自己人。

我小时候就经常被欺负、被排挤，所以中学的时候就特别喜欢欺负人，完全就是因为从小压抑，长大了想报复。

所以我特别怕我妹被欺负，连别的小朋友打架我都不忍心让她看到，如果她看到了，我心里就十分痛苦，是真的痛苦，觉得这种画面就不该让她看见，她是小仙女啊。

我想小王子想保护他的玫瑰花，应该就是这种心情。

5

芊卉妹妹上幼儿园之前的那个暑假，为了提前适应环境，去上了两个月小托班。

我和我爸要离开时，她哭得那叫一个歇斯底里。

我苦着脸跟我爸说："要不今天先别上了吧，明天再上。"

我爸："早晚都一样，总会哭，哭也正常，哪个小孩不哭。"

我当时就觉得大人的逻辑很奇怪，为什么所有小孩都哭，所以我妹哭就很正常？还有就是为什么大人总把自己眼里的小事真当成小事，在小朋友眼里，第一天上幼儿园，就是最亲最爱最信任的人把自己交给陌生人，然后眼睁睁地看着最亲最爱最信任的人决绝地离开啊，任怎么哀嚎都没用，喊破嗓子都没有用，哭干眼泪都没有用啊，不能更绝望了吧。成人又有几个能承受得了这样的痛苦呢？

我永远记得那天，我妹死死搂着我的脖子哭着说："哥哥，救救！哥哥，救救！哥哥，救救！"

她说"救救"，就是"救救我"的意思，我当时就崩溃得一塌糊涂。

我爸走了，我就在那儿等着，等我爸走远了，我骗老师说，家里出事了，要带我妹回去，然后就把我妹带走了，在外面吃吃喝喝。带她吃东西的时候，我还跟她说："你吃得倒是开心啊，我回家肯定要挨揍的。"

她完全听不懂，我心里却怕得要死，一整天都提不起劲，

晚上，我爸把我狠狠、狠狠、狠狠地揍了一顿。

第二天我爸把我带到托儿所，向每一位老师隆重介绍了我，挨个说："这是芊卉的哥哥，他会'偷'妹妹，麻烦您记住他的脸，无论如何不要放他进来。"

于是我就进了托儿所的黑名单。

但好在托儿所的院墙是栅栏，而不是实墙。

我每天就蹲在托儿所栅栏那里陪着她，她也不和其他小朋友玩，就隔着栅栏站在我旁边，我弄点玩具和她玩，一玩就是一整天。

有时候我说："来，亲哥哥一下。"

她就噘着嘴，脸卡在栅栏上亲我一下。

后来大概过了一个月，她和小朋友、老师们慢慢熟络起来，就不用我陪了，我也就不用蹲在栅栏那里了。

只有想她的时候，去看她一眼。

我妹七岁那年，在舅姥家玩，有很多小朋友，玩开心了，就互相推搡打闹。

舅姥是收废品的，家里有个旧电动车电瓶，我闲着无聊仔细观赏了半天，正准备用手摸一下，我妹不知道我前面有什么，在后面开玩笑似的推了我一下，我手指直接戳到了电瓶插口里，被电得惨叫一声，胳膊撞到旁边的玻璃上，一划，血瞬间喷了出来，被我一把摁住。

我心想，完了，不会扎到动脉了吧！

我一回头看见我妹吓得脸色苍白。

我一只手死死握着另一只胳膊的伤口，然后轻轻把她环进了怀里，手藏在她背后说：“没事，没事，哥哥不疼。”

其实我很恐惧，怕自己还没到医院血就流干了，怕自己会死。

舅姥从卧室出来，看见地上都是血，暴怒：“怎么弄的？！”

旁边小朋友说：“芊卉推的。”

舅姥眼睛一瞪，冲我吼：“你不打她？还抱！”

我：“没事，没事，芊卉不怕。”

舅姥不懂，越是这个时候，越要抱她。

我给我妹做了一个吃遍昆山的计划，就是吃遍昆山所有好吃的。

我每天忙完工作室的事，就到下午了，太阳将落，开始有风，我就骑着电动车带着她穿梭在大街小巷，去找好吃的。

上个月月底我看支付宝账单，光带她吃，就花了 4300 多块。

真想不起钱都是怎么花的了，感觉不该有那么多。

但品一品这段时间的幸福感，就觉得也差不多。她每次吃到美味的食物，就会开心得手舞足蹈，我虽没吃，但也能跟着她幸福起来。

我：“芊卉姐姐，你太能吃了，花了好多钱，养不起你了！”

她：“哼，养不起你也得养！”

8

我妹平时很黏我和我妈，小孩子嘛，黏人很正常。

但我有一段时间也很黏我妹，很难想象吧？这么大个人了还黏小孩儿。

我最黏她，是她上幼儿园那会儿，那是我抑郁症最严重，精神最落寞的时候，对任何事都不感兴趣，唯独心疼家中妹妹。

读书时，我经常请假回家找妹妹玩，所以通常我回去，她都要上学。每天等她放学，带她玩就是最开心的事了。

如果要返校，我都是乘坐最后一趟高铁，晚上七点多的。

所以我经常收拾好行李，一直等到天黑，不是在等高铁，而是等妹妹放学，要陪她玩一会儿，我才愿意走，以至于我妈一直以为去宁波只有晚上一趟高铁。

后来我妈知道了我是舍不得我妹，带我妹去高铁站送我的时候，她问我："明天你就见不到你小妹了，怎么办？"

我说："哈哈，我再想办法。"

嘴上哈哈哈，但其实忍不住要掉眼泪。

每次我妈带我妹去高铁站送我，我要走时只要骗我妹说，"哥哥去买水马上就回来"，她就信了，就不哭，真是傻乎乎的。

后来她突然就变聪明了，怎么都不信，我离开她就一直哭，一直要找哥哥。

我就再也不能坐最后一趟车了，为了不让她哭，我都是趁她还没醒，趴她床头亲亲她，然后急匆匆地赶最早一趟车。

我也就再不能像以前一样，等她放学，陪她玩一会儿再走了，没办法。

有什么办法呢，再舍不得，也不能让她难过。

9

我是小富即安的性格，你看我曾经最大的梦想都是当个纪录片导演，而不是商业片导演，就说明我不喜欢大钱。

而且以我的状态也不适合去奋斗什么，因为我怕焦虑，会要我命的。

我女朋友也不支持我去奋斗，原因一样的，焦虑要命。

但我依然选择了奋斗，和朋友弄了个工作室，每天都有密密麻麻的焦虑。

为什么呢？原因有二。

一个是我爸抽烟厉害，每天三包烟，我总担心他抽成肺癌，而我到时候没钱给他治疗。另一个就是因为我妹，我能感觉到，随着年龄增长，兄妹之间表达感情的方式逐渐在变化，小时候可能就是抱抱她，给她买吃的，带她玩，保护她就好了。但长大了，就不会也不可能像小时候那样亲密，渐渐地她就不需要我的陪伴了，会更需要钱，支持她的梦想，支持她的自由。

所以我选择奋斗。

我跟朋友说我要创业，朋友说你能行吗，创业的成功率只有百分之三，能成功的都是天选之人。他把我打击得哑口无言，因为我了解自己确实无天赋，也不是天选之人，那我也得奋斗。

其实每个王子都是普通人，因为心中有个公主，才身骑白马，手持长剑，成为英雄。

1

我妈带我妹买菜，在一家摊位上看到一条走丢了很久的狗狗，店家在帮它找新主人，我妈就把它带回来了。

我妹可开心了，把自己喜欢吃的一样放一点放在一个碗里给狗狗吃，用自己的旧衣服给狗狗做了一个小窝，给狗狗洗澡、吹毛发、涂香香，把我的旧耳机拿去给狗狗听歌，晚上睡觉的时候还要搂着狗狗睡，不过被我妈强行制止了。

然后她用了一晚上给狗狗取了名字叫——芊灰。

第二天一大早就爬起来，缠着我爸带她去给狗狗买食物和衣服去了。

我妹去买东西的时候，我妈来找我商量，商量的结果是不能留下狗狗，因为我荨麻疹两年还没好，过敏体质，再加上我应该是有动物恐惧症，任何动物只要靠近我，我就会有生理反应。因为我，狗狗不可能留下。

我妹买好狗粮和衣服回来，笑着得知了这个消息。

她红着脸强笑着问我："哥哥，你不喜欢芊灰吗？"

我痛苦地小声说："喜欢啊，可是我过敏，也有点怕它。"

这时候狗狗刚好跑过来了，我妹抱起狗狗说："芊灰，我们要说再见啦，虽然我很喜欢你，但是我更喜欢我哥哥。"

我眼泪一下就流出来了。

我妈跟我说，那天我妹求了她好久，已经买好菜走了，又折返回去把狗狗带着。

回来的路上，我妹一直抱着它，高兴坏了，一路跟它说话，话特别多。

她说：“狗狗，你看看，这是我们回家的路，你好好记着，别再走丢了。”

她还说：“从现在开始我就是你姐姐了，家里还有一个哥哥，不过他有抑郁症，总是不高兴，我们要好好温暖他。”

我在房间写代码，我妹他们在客厅看电视。

我妈和我爸都说：“芊卉，你看你胖的……你得减肥……”

把她说急了，她生气地说：“我去问哥哥，他如果说我不好看我就减肥。”

我笑着冲出去说：“好看啊，咱不减肥。”

她站到沙发上抱着我可高兴了。

我妈：“完蛋，有你这句话她胖成小胖丫。”

我送我妹去上舞蹈课。

到了舞蹈学校，我帮她换舞蹈鞋，怕给她买的豆浆和包子放别处放凉了，就叼在嘴里，然后蹲在地上给她穿鞋，老师在旁边感慨：“多好的哥哥啊。”

我妹说：“他好什么呀，连药都不知道吃，还得我喂他，房间也不知道收拾，还得我帮他收拾，衣服也不洗，还得我妈妈回家洗，还有地也不扫，家里到处都是他的臭袜子……”

老师说：“哟哟，那我们小卉卉可真是厉害得不得了。”

我当时心里有事烦着，就面无表情没搭话。

鞋穿好了，我把她送进教室转身要走。

她叫住我说：“喂，哥哥。”

我回头：“怎么了？”

她：“你耳朵给我。”

我把耳朵贴到她唇边，她说：“你是不是不高兴了，我刚才开玩笑呢，你是全世界最好的哥哥。”

跟我妹去买现榨豆浆。

一杯很大，我俩就决定买一杯回去分着喝。

阿姨问：“要什么豆子呀，你们兄妹。”

我说：“红豆薏米吧。”

她说：“黄豆红枣核桃吧。”

我说：“红豆薏米吧，核桃喝了头晕。”

她说：“一点点不会晕的。”

我说：“嗯……”

她说：“那我们石头剪刀布。”

我说：“好。”

她出剪刀，我出布，我输了，失落！

阿姨笑着拿了一包黄豆红枣核桃去榨……

阿姨刚走到榨汁机旁边，我妹大叫：“阿姨，还是红豆薏米吧。”

阿姨又笑着回来，说：“咋了，那你不是白赢了？”

她用大拇指指了我一下说：“想让他高兴。”

爸妈不在家，我带她吃牛肉粉丝汤，只给她点了一份，我不饿，就没点。

她吃的时候，我趴在桌子上说：“啊，牛牛那么可爱，你怎么可以吃它……啊，牛牛那么可爱，你怎么可以吃它……”

她听我这么说，缩着头尴尬地笑了一下。

我一直趴在桌子上说：“啊，牛牛那么可爱，你怎么可以吃它……啊，牛牛那么可爱，你怎么可以吃它……”

老板是个阿姨，认识我，开玩笑说：“小姑娘，你以后来吃饭不要带你哥哥来了，他好像个傻子哦。”

我妹看了我一眼，转头说：“阿姨，我哥哥不是傻子，他是在逗我笑。”

Part 3

你的童年，我来守护

妹妹走路还不稳的时候，下雨天我带她出去玩，她经常摔成泥娃娃。

我每次都是直接把她抱回家，我妈每次都气炸，嫌我抱着妹妹把自己的衣服也弄脏了，还得麻烦她老人家洗。

我妈应该会很困惑吧，为什么即使她骂我，本可以干干净净的我也总是抱着那个从水坑里爬起来的泥妹妹回家。

因为妈妈的责备是密集的子弹，哥哥想做盾牌。

我总是抱起浑身是泥的妹妹，再亲亲她脏兮兮的脸蛋，告诉她："没事的，不要怕，你看哥哥也脏了，妈妈等会儿骂人，肯定先骂哥哥。"

保护妹妹的时候，我也在保护曾经弄脏衣服不敢回家的自己。

我在陪你长大啊

①

我妹两岁多的时候，在老家，在姨姥那儿走亲戚。

我骑那种后面带宝宝椅的自行车带她去小卖部买零食。

我推车，她跟在后面。

我灵魂出窍，走神了，到了门口我直接骑车就走了，然后就听见背后一道可怜兮兮的声音：“锅锅（哥哥），我掉了。”

我一回头，看见她一脸愁容，可爱到爆炸。

我坐在沙发上，用手机前置摄像头照了半天，愁得脑壳疼，问我妹：“你喜欢胖胖的哥哥，还是喜欢瘦瘦的哥哥？”

她把头钻进我怀里说：“嗯……都一样。”

我：“说说，说说。”

她：“我喜欢胖胖的哥哥。”

我眼前一亮：“为啥？为啥喜欢胖胖的？”

她捏着我肚子说：“因为你现在就是胖胖的。”

哦，我的天，太会说话了，哈哈。

③

全家出行，天气热，我爸给我妹买了个冰激凌。

她刚接到手里，我就从她手里抢过来，大口大口吃起来：“你别吃了吧，会肚子疼。”

她大叫：“你有肠炎！”

我：“那我也要吃。”

她：“那你吃慢一点，最后给我留一口就行了。”

④

我妹四五岁那会儿，特别喜欢看《巴啦啦小魔仙》。

有一回我正坐在床上做一份非常紧急的PPT，她闹着要用我的笔记本电脑看《巴啦啦小魔仙》。

我连连说：“别闹别闹……”

然后她就不闹了，躺在我旁边。

过了一会儿，她拍了下我的肩膀，说：“喂！我生气了。”

我：“……你还生气？我更生气，我都急死了，你还闹！”

她不说话了。

又过了好久她还是没动静，躺着一动不动。

我感觉不对，凑上前去问：“怎么啦？真生气啦？”

她一动不动地说：“对。”

我长呼一口气，不知如何是好。

她闷着头说：“你要是想让我不生气，就答应我一个条件。”

我：“什么条件？”

她说：“就是你别生我的气了，别怪我刚才跟你闹，我不应该跟你闹，我后悔了。”

就这？

芊卉姐姐你这也太好哄了吧，将来谈男朋友是要吃亏的！

5

从小到大，印象里有三个人，是我不喜欢的。

一个是小学时总跟我们一起打乒乓球的大哥哥，一个是租我们家门面房做馒头的老夏，还有一个是我自己的远房舅舅。他们是同一种人，就是对同龄人有说有笑，但对小孩子很冷，反差之大令人生畏。

一直很不理解，也不喜欢他们。

但随着年龄增长，我发现我自己就是这种人，对同龄人幼稚活泼温柔，但对小孩子很冷。以前亲戚家小孩来我家，我都是躲在书房或卧室，如果有小孩进我房间，我就狠狠地把他们瞪出去，冷暴力解决一切。

我渐渐理解了，有些人骨子里就是不喜欢小孩的。

芊卉妹妹真的是我在这世上第一个喜欢的小孩。

有时我想女娲造的人，肯定难免有些缺陷，我就有反感小孩的缺陷，所以女娲派一个小孩来治愈我。

她让我变得很柔软，也渐渐开始喜欢小孩了。

后来我看见各种小孩，只要别太熊，我都会热情地逗他们玩。

读大学的时候，英语老师有个读一年级的女儿，她经常带着女儿给我们上课，因为是老乡，我和她女儿成了好朋友，有时老师有事，就托我带着，我对她超有耐心，室友都看不下去了，说你怎么带个小孩变成娘娘腔了。

我变得喜欢小孩了，但也不是无缘无故的，是因为我太爱自己的妹妹了，太爱了，以至于特别爱这个世界，爱这世界上每一个像她一样的小孩。

以前我对邻居家小孩特别好的时候，我妹问我：“哥哥，你是不是特别喜欢小孩啊？”

我说：“我不喜欢小孩，我只是特别喜欢你这个小孩。”

6

即将毕业了，身边的人都急得像热锅上的蚂蚁，纷纷在投简历、面试、租房，早出晚归。

合伙人跟我说：“你来杭州吧，好发展。”

我说：“如果可以，我想回家。”

于是我就待家里了。

在家的生活每天都在重复，已经有无数朋友说我生活乏味。

状态好的时候，早上给我妹做早餐，等她上学我再接着睡。

睡醒了，处理些工作室的事务。

中午，去我妹学校给她送些好吃的。

下午接着工作，如果提前完成了任务就去小姨店里溜达溜达，或者看老头儿下象棋。

傍晚在我妹学校门口站着，等我妹放学，然后带她去吃好吃的。

晚上我妹写作业，我帮我妈做饭。

等我妹写完作业，洗完澡，香喷喷的，穿着小白裙，我骑着电动车带她去吹风、逛街，有时给她买些可爱的小衣服、小饰品以及好吃的。

朋友跟我说，带小朋友出去玩太重要了，所以我周末通常带她出去玩，如果女朋友来我家，我们就三人游。三人游我最惨，要拎好多东西，但好处是可以沾光吃一些很贵的平时不舍得买的吃的，有她俩在，再贵也不觉得心疼。

到了周一，又要早上爬起来给我妹做早饭……

生活每天都在重复，但不管怎么重复，我都不会腻，因为我的幸福只能来自于这些重复而又简单的生活。

有一次带我妹在店里吃甜品，她说："哥哥，我感觉你每天都好闲啊。"

我笑着说："闲不好吗？"

她："好啊，我就是觉得你没事情可以做，会无聊。"

我："我不无聊，我有事情做的，我在陪你长大啊。"

毕业之前，要回学校处理重修的事，大概离家一个月。

因为临近毕业嘛，整个宿舍楼都很冷清，同学之间都弥漫着离别的伤感，我们都在为离别做一些准备，比如偷拍对方。

我内心是极度敏感的，受不了那种离别的煎熬，我只想逃避，特别特别想家。我想逃回家里，因为家人永远不会说再见，家人只会问你去哪儿，什么时候回来。

毕业聚餐那天，我不打算去的，朋友们都劝我去，我犹豫好久，才交了两百块餐费。

那天下午班级群通知五点聚餐，四点钟我终于决定，一个人拖着箱子跑了，没和任何人说一声再见，包括我的室友。

我不知道怎么和那些生命中无法失去的人说再见，所以我连再见都没说就离开了。

晚上在动车上，我在班级群里看到了聚餐直播，大家喝得面红耳赤，最后抱在一起痛哭。

室友小华跟我说，他喝完酒回宿舍的时候，没有钥匙，他从隔壁宿舍钻了过去，透过阳台门看见宿舍里黑漆漆、空荡荡的，他转脸又钻了回去。

强哥第二天就要走了，大半夜的，一个人在学校里逛来逛去。

朋友圈都在说再见，我们心里都明白，大部分再见是永别的意思。

我到夜里才到家，我妹给我开的门，她开心地说："哥哥，今天的菜可多了，你想吃米饭还是想吃煎饼？"

我："我想听你叫我一声哥哥。"

①

小姨家的小姨弟，小胖墩，全幼儿园最懒，从不做广播体操。

据老师说，在学校里女同学找他说话，他总是不理，目视前方，眼睛微微眯起来，假装睡着，等女同学走了，他再活动。

体重六十七斤，有次向美女老师撒娇，老师抱了他一下，住院了，腰伤了。老师打电话给我小姨说明情况，差点把我笑死。

这家伙贼调皮。

小姨忙，所以这家伙经常是我带，自然受到我的教育。

我对妹妹和弟弟的教育方式略微不同。

以前我带我妹出去玩，我怕她摔倒，就跟她说："宝贝，你可别摔着了呀，摔着了哥哥会心疼的。"

我妹："嗯。"

然后她遇见井盖，就会小心翼翼地绕过去，边绕边说："我得小心点，摔着了哥哥会心疼的。"

换成我小胖姨弟。

有次我带他去送货，他非要坐我后边，我怕他掉了，就使劲把他挤在座位后边，说："你可得抓紧我，不然掉下来你知道后果吧？"

他："我知道，如果掉下去把地球砸个洞，我是要赔钱的。"

我：“嗯。”

2

不知道是不是所有抑郁症患者都像我这样。

晚上睡不着，白天会瞌睡。

我经常下午两三点的时候睡，一觉醒来五六点。

那时候是暑假。

我五点多醒来，家里就我一人，天昏昏暗暗，心情压抑而难过。我妹和我妈在店里，通常六点回来。

我便步行去店里，我就像一阵黑风行走在路上，有时觉得黑风旋得再快一点，我会瞬间消失。

到了店里我妈说：“咦，你这时候来干吗，我们马上就回家了。”

我面无表情，说：“没事。”

然后便走到我妹旁边，握着她的小手。她的小手热乎乎的，我莫名觉得踏实，像冬天重感冒，喝了一大碗热姜汤，钻进了温暖的被窝。

这一握，便不会松手，去哪都牵着她的小手。

牵着牵着，便成了她握着我的一根食指。

后来，每次昏暗的下午，我很难过地出现在店门口，她就会过来牵我的食指。

有时候，她在和小朋友玩，看见我很沮丧的出现了，她就会眼睛一亮，开心地叫我：“哥哥！”然后对着我竖起食指，意思是，哥哥，要牵手吗？

我点点头。

她就会放下手里的一切玩具，走到我旁边，我伸出食指，她便握着我的食指，陪我站在一旁，看其他小朋友玩。

我妹是我初三刚开学那会儿出生的。

那时候我兄弟一大堆，整天嘻嘻哈哈没个正经，生活很丰富。

我妹出生以后，我就觉得，哇！原来世界上还有这样一种生物存在啊，天天可心疼了，可宝贝了，每天也不想别的了，就想着放学回家抱抱她。

我可能是我们学校每天放学，第一个飞回家的男孩子。

她三四岁的时候，我有段时间厌食，连续一周不想吃饭。

暴瘦，也整天有气无力的，却抱着芊卉妹妹到处溜达。

我妈每次看见我抱她，就会凶她说："你给我下来！你哥都没力气了，还让哥哥抱，自己没长腿？不心疼哥哥？"

这时候我妹就会从我怀里下来。

但等我妈不在了，我又会抱起她，走远点，就不会被我妈凶了。

委屈芊卉妹妹了，我也不好意思跟我妈说，其实不是她让我抱的，是我主动抱的。

我妹："哥哥，我会走路的。"

我："不行，地面风大，会把你吹走的。"

她一脸懵懂地点点头。

我也不好意思跟她说："你不在我怀里，我就想你。"

4

冬日周末，午饭后陪我妹在沙发上看电视。

看着看着，我仰着脸，躺在沙发上睡着了。

睡了好久啊，傍晚醒来，天都暗了，客厅也没开灯，昏昏沉沉的。

我微微一抬头，吓一跳！因为我看见我妹趴在我肚子上，也睡着了。

我很累，就动了一下，她便惊醒了，抬头看我。

我生气地凶她："芊卉，这沙发这么大地方，你怎么趴我身上睡呀，多危险啊！我一个翻身你就会掉下去的，还有可能撞到旁边的茶几上。"

她仰着脸委屈巴巴地看着我，说："我去抱被子，没抱动，我怕你着凉，就把我自己盖在你身上了。"

5

万达有家卖烤肠的店，因为烤得很慢，所以门前总是排长队。

我带我妹在冷风中排了半个多小时，终于拿到了烤肠。

准备走时，看见一个小男孩在哭。原来他妈妈在旁边卖气球，没时间排队，关键小男孩还有一个不懂事到处乱跑的小妹妹，小男孩要跟着小妹妹，防止她摔倒或走丢。

他妈妈一直说，等人少了就买，可过了很久，人也没少，小男孩就哭了。

小男孩也不是那种号啕大哭，就是委屈忍不住了，变成眼泪淌了出来。

芊卉妹妹也没跟我商量，就把烤肠递给了抹眼泪的小男孩，说：“给你吧。”

小男孩妈妈坚持不要，我说我包里还有一根，她才让小男孩收下。

回去的时候，我问我妹：“怎么这么大方呀，好不容易买到的，自己不吃就给人家了。”

我妹：“因为我想起来妈妈说过，你小时候也和妈妈一起在桥上卖糖葫芦，有很多蚊子咬你，你哭着要回家吃火腿肠……”

6

我妈的表妹的儿子，就是我的姨弟。

他小时候天天跟在我屁股后面跑，五六岁时小脑开始萎缩。

现在已经十四五岁了，需要别人很认真吃力地搀扶才能勉强走路，说起话来很慢很慢，还流口水，不知道有没有影响大脑，但我感觉他的智力还停留在十岁左右。

访遍全国名医，医生说：治不好，小脑会慢慢萎缩，到最后会失去生命。

他的父母关系本来就不好，他病了以后，父母没了盼头，就离婚了，他被判给了爸爸。

爸爸再婚了。

妈妈也再婚了。

他像仓库里的旧物一样，被丢给了爷爷奶奶。

在村里，小孩经常欺负他，比如往他的轮椅底下丢鞭炮，比如他正在门口晒太阳，把他的轮椅推到狗窝边上，让狗狂叫吓唬他，比如用水枪装尿滋他……

他经常被气得呲牙咧嘴面目狰狞，以示反抗，但也没用……

最让人难过的是，爸爸的新媳妇经常打骂奶奶，奶奶遭了罪，无人诉苦，只能跟他抱怨，说："要不是因为你长成这个熊样，你娘不能跟人家跑，俺也不能摊上这么个玩意儿（指新儿媳）……"

奶奶说的是实话，可实话才伤人。

一般奶奶是不会这么说孩子的，可能觉得他傻吧，既听不懂，也不会泄露秘密。

可他并不傻。

有次带芊卉妹妹去看望他。

快要走的时候，我塞给他一千块钱，说："别给奶奶，自己藏着。"

他傻乎乎的，口齿不清，拒绝时嘴部运动剧烈，导致口水都淌出来了，死活不要。

我实在没办法，只好把钱给了他奶奶。

他像树懒一样问我："哥——哥——你——下——次——什——么——时——候——再——来？"

我："嗯……过年的时候，哥哥还来。"

他像树懒一样缓缓地点了点头。

过了会儿，他又缓缓地叫我："哥……哥。"

我："欸。"

他："我——跟——你——说——"

我学他说话很慢：“好——你——说——”

他一个字一个字缓缓吐出来，说：“芊——卉——是——第——一——个——叫——我——哥——哥——的——人。”

我瞬间鼻酸，视线也模糊起来。

7

大概从高一开始，我就很怕早晨起床那一刻。

莫名其妙地孤独和沮丧，感觉活着很没意思，即使前一晚还是很开心的。

某天我一觉睡到下午，醒来之后，那种灭顶的沮丧，几乎达到了我的极限。

我一直张嘴深呼吸，眼泪才没掉下来。

家里空荡荡的，我一刻都呆不下去了。

我妹学校就在我家旁边，我就去了她学校。

我站在她教室后门边，往里面看，刚好能看见她。

她老师看见我了，以为我要找她，就让她出来了。

她走到我跟前，我愁容稍展地笑了一下。

她问我：“你是不是不高兴？”

我微微点点头。

她说：“那我抱抱你吧。”

我点点头蹲下身来，她搂着我的脖子一动不动。

许久，她在我耳边说：“你先回去吧小灰灰，我今天放学早点回家，我跑着回去。”

8

我妹最喜欢吃橡皮糖啦。

有次我在超市特地给她带回来一点那种红色心形的橡皮糖。

我妹：“哇，哥哥，为什么这些糖都是心形的？”

我：“这是巴啦啦小魔仙帮我做的爱心魔法糖，有神奇的魔法，你吃掉一颗就会多爱我一点，快吃吧！”

我妹尝了一颗，嫌弃地说：“我不喜欢，不太好吃。”

不好吃？岂有此理，爸妈更不吃，只好我吃。

我快吃完了，她来问我：“哥哥，糖呢？”

我：“啊？不会吧，你又想吃了？最后一颗。”

她接过糖塞进我嘴里，还问我：“你是不是吃完了所有的爱心魔法糖？”

我一脸蒙：“对呀。”

她看着我的眼睛笑着说：“那你要爱自己很多哟。”

原来，她什么都知道

1

大二开学，全家人一起吃饭为我饯行。

我妈开玩笑说：“你看你妹妹这么舍不得你，你干脆把她带学校去好了。”

我：“好啊，那我每天抱着她去食堂吃饭，让她坐我旁边上课，约会就让她当电灯泡……”

我妈说：“吃饭上课还行，她要是当电灯泡肯定得生气！”

我和我妈聊个不停，她在旁边闷头吃饭，很难过的样子。自从前一晚知道我要走时她就这样闷闷不乐的。

在车站里，我挥手告别。

我妈让我快走，她低着头不看我。

几乎每次都落东西在家的我，走了几步，我突然回头说：“妈，你说我这回没忘带什么吧，总感觉会忘带什么……”

我妈还没反应过来，我妹突然抬头，嘴一撇，眼泪就出来了：“哥哥，你忘了带我，刚才吃饭的时候你说要带我去学校的。”

在学校忙着创业，好久没回家，我妹打电话问我：“哥哥，你什么时候回来呀？”

我说：“快了。”

然后一直也没回家。

过了一阵子她又问：“哥哥，你到底什么时候回来？”

我满口答应快了快了，但实在走不开，就一直拖着。

后来她又问我，我觉得再没个正经理由，就说不过去了，想了半天，最后我跟她约定说：“小区里十二栋楼楼下有棵桂花树，等桂花开了我就回去了。”

她很开心地答应：“好！”

有了这个约定没多久，我妈打电话问我：“你什么时候回来一趟啊，你妹妹整天跑桂花树底下傻看。”

我回：“忙完就立刻回去。”

等我忙完回去的时候，非常巧，我进了小区，路过十二栋，刚好看到她仰脸站在桂花树下观察。

我没叫她，只是站在她身后远远地看着她。

她从口袋里掏出我妈的手机，仰脸拍桂花树，然后又把手机放在嘴边发语音。

我手机响了两声，打开微信界面——桂花图后紧跟着一条语音：“哥哥，桂花开了，你什么时候回来呀？”

我回：“我就在你身后。”

她听完语音，一转身朝我飞奔过来。

微风裹挟着淡淡的桂花香，我看着她灿烂的笑脸，想想还有在家备好饭菜的爸妈，真该早点回来啊！

3

高三时，我患了重度抑郁症。

我白天坐在教室里发呆，夜深人静时就坐在马桶上冥想活着的意义，边想边抓头发，有时能抓一整夜，一夜下来，脚边能有一大片头发。

每次抓完我又把地上的头发一根根捡起来放在一个盒子里，想着要是哪天我死了，头发可以留给家人做个念想——它不会腐烂，能放很久。

我决定离开的时候，特意挨个找了自己身边重要的人，向他们隐晦地告别。

老师以为我是因为成绩退步而沮丧，给我讲了一通学习方法，让我多努力。

朋友都以为我中邪了，说我神经兮兮的。

我妈以为我又失恋了。

我其实不在乎他们的反应，我把自己想说的说完了，就可以了。

轮到我妹的时候，是在某个夏日晌午，我顶着烈日半死不活地从学校回家吃饭。

我妈正做饭。

我妹正在沙发上看电视，我就去找她闲聊。

“芊卉。”我叫她。

“嗯？”她抬头望着我。我有一阵子没搭理她了，突然找她说话，她开心得两只大眼睛都亮了起来。

我把她搂进怀里，问道：“如果哥哥突然消失不见了，你会怎么办？”

大概是我语气太沉重了，她愣了一下，撇着嘴抬头问我：“哥哥，你去哪儿？”

“不知道，反正就是消失了。”

“那我就去找你。”她红着脸说。

“你找不到我的。”

“我能找到！”她急得要哭。

“可是你不知道我在哪儿，我消失了。”我两手一挥。

“那我就去公园找你！”

公园是我曾经离家出走的地方，她跟我妈在那里找到过我。

我说：“我不是去公园，我是彻彻底底地消失了，变成空气，融化在风里，谁都找不到我！”

她愣住了，想了想，眼泪滚了下来：“我就是要去找你，我就是要去找你……”

然后咧着嘴号啕大哭起来。

我妈端菜出来，问：“怎么了？”

我说我就是开了个玩笑。

吃饭时，她还在不停地掉眼泪。我妈不停地怪我吓唬她，唠叨得我心烦意乱。

我没吃几口饭，勉强打起精神要去学校。推门要走时，我妹突然哭着叫住了我：“哥哥，你去哪儿？”

我回头冷冷地说：“去学校，读书。”

说完我就走了，走到楼下，我深深呼了口气。

没走几步，突然又被她的哭声叫住了：“哥哥，你到底去哪儿？”

我回头，她就站在我身后的楼梯口，咧着嘴哭得满脸眼泪：“哥哥，你去哪儿？”

我刚要说话，我妈就下来了，觉得她在无理取闹，要抱她上楼。

她死活不肯，抱着楼梯扶手歇斯底里地哭喊：“哥哥要消失了，哥哥要消失了，哥哥要消失了……”

我看着她声嘶力竭浑身颤抖的样子，眼泪瞬间就流出来了，转身向学校跑去。

那天下午，我无心上课，一直回想着我妹恐惧的眼神，既心疼又不安。我去跟班主任请假，班主任问我理由。

我说妹妹心情不好，我想陪她。

班主任笑了，说坚决不准，学习第一。

我直接转身就走了。

这世上重要的事情太多了，学习是倒数第一。

爷爷在老家去世了。

回老家那晚，我把头靠在大巴车的窗户上，想到再也见不到爷爷了，眼泪就止不住地流。

我妹问我怎么了。

我怕她难过，就只是说：“爷爷生病了。”

正丧那天，我怕她难过，于是跟爸妈说：“不要让妹妹知道爷爷去世了，她没参加过葬礼，很好骗的，等葬礼结束，我们回了苏州，对她来说爷爷和以前一样，还在老家生活……”

爸妈都点头答应了。

我们都小心翼翼的。

有亲朋好友聊爷爷去世的事，我就带我妹回避。哭丧时，我拜托人把她带走，我甚至骗她说灵堂是道士在作法为爷爷祈福，她在葬礼的那部分程序也省略掉了。

到了晚上，亲友都散去后，我坐在院子里看星星，她依偎在我怀里，我们都不说话。

突然，小叔家三岁的弟弟跑来问我：“哥哥，爷爷去哪儿了？”

我把他也搂进怀里说：“爷爷睡着了。”

他又问：“那爷爷都睡了好几天了，什么时候醒？我要让爷爷带我去超市买包子和鸡腿。”

我说：“爷爷干了一辈子活，太累了，所以想多睡几天。”

片刻沉默后，我妹突然从我怀里跑走了。

我笑了，心想，肯定是因为我抱弟弟，小样儿，还吃醋了。

后来才知道，她是跑去找我妈了。

那天她趴在我妈耳边，悄悄地跟我妈说：“妈妈，你别告诉哥哥爷爷去世了，他会哭的，他一直以为爷爷只是睡着了。”

原来，她什么都知道。

爷爷离开我们，已有五年了。

我妈说，亲人去世，小孩是没感觉的，因为没心没肺。但在我们家，最想爷爷的，就是我妹。

爷爷刚走那段时间，有时她正玩着玩着突然就不高兴了，跑到爸妈或我怀里说：“我想爷爷了。”常常惹得一家子跟着她难过。

每次我带她去给爷爷扫墓，她一到爷爷坟前就会问：“爷爷，你想我了没？”

有一次她指着坟上一株小草，问：“爷爷，你要是想我了就让这棵小草动一下。”说完她趴在小草边上认真地盯着看，小草一动也没动。

她又换了片枯叶说：“爷爷，你要是想我了就让这片小叶子动一下。”她也不管地上多脏，说完就趴在地上，等着，等枯叶动。

她特地等了很久，叶子也没动。

她爬起来拍拍身上的土，说：“爷爷可能是睡着了吧。”

后来又带她去扫墓。

一切事宜完毕后，我问：“你怎么不问问爷爷想你了没？”

她看着我，苦着脸，难过地摇了摇头。

我：“我来问吧，爷爷，你要是想芊卉了就让这棵银杏树动一下。”

初秋，金黄茂密的银杏树哗啦啦一下，金黄银杏叶纷纷飘落。

她激动得又蹦又跳。

我也跟着激动起来，接着说：“爷爷，你要是特别特别特别想芊卉就让那棵银杏树也动一下。”

远处那棵银杏树又哗啦啦一下。

她开心地跳了起来，叫出了声，两眼放光，惊奇地看着我。

我："看吧，爷爷能听见的，也能看见，要不你给爷爷跳个舞吧。"

她一愣，然后就扭动起来。

"过来点，来这棵树下跳。"

初秋，银杏叶黄透了，她在树下跳起舞来，金黄的银杏叶零星飘落。

爷爷没看过她跳舞，那算是第一次。

如果爷爷真能看见的话。

回去后她激动地跟爸妈说："爷爷想我了！爷爷想我了！银杏叶一直在动……"

我妈悄悄问我："什么银杏叶一直动，是不是当时风特别大？"

我："不是，是我让我朋友用银杏当子弹，用弹弓打的。"

后来每次带我妹去给爷爷上坟，我都得带着朋友提前去布置现场。

朋友有时嫌我烦，说："就上个坟你折腾那些干吗？生老病死是自然规律，总是要面对的……"

我想也许有一天我妹也会问我同样的话。

我会说："我就是见不得你伤心，我要你活在我的童话里。"

Part 4

可爱的一家人

昨天我妈在厨房煎牛排，我跟我妹搬个小板凳坐在旁边吃，我妈感慨良多，总结如下——

她跟我妹说：

“我生你之前，先给你生了一双翅膀，所以你一出生，就注定是天使。”

又跟我说：

“我知道你总有一天会遇到小恶魔，所以我生了一个小天使来陪着你。”

呵，没想到薇薇安女士还挺会说。

我妈的贵族社交

1

听我妈跟她朋友聊烫头的事很有意思。

我妈：“那个 Timi 老师水平还真不赖，就你这头发，你看这纹理，很有层次感……”

我妈的朋友：“那可不，人家 Timi 老师可是首席造型艺术总监……”

我：“你们说的是我们楼下那个理发店吗，就两个理发师，还首席造型艺术总监？”

我妈：“怎么了，关你屁事。”

我：“哦，没事。”

后来陪我妈去那个理发店，很小一家店，几乎每个小区附近都有这种店，很土很实惠，年轻人基本不去，反正我没去过。

我妈一进门就问：“Timi 老师在吗？”

这时，正给顾客洗头发的一黄毛男高举右手，热情回应：“我在，薇薇安。”

我目瞪口呆：“妈，妈……薇薇安？”

我妈：“怎么了，我的英文名。”

哈哈，简直要被我妈的贵族社交笑死了。

2

我妈跟我说的，说我小时候有次放学回来，她在炒菜，我站旁边跟她聊天。

我："妈，项羽是不是在乌江自刎了？"

我妈："是啊。"

然后我就不说话了。

许久，我妈问："你问这个什么意思？"

我："他为什么要自己亲自己？"

我妈："……"

3

我妈在网上冲浪，学了点年轻小情侣的套路，抽风似的用在了我爸身上。

有段时间天天对我爸唱："老公老公亲亲，左边一个亲亲，右边一个亲亲，嘴巴一个亲亲，老公老公抱抱，我要公主抱抱，飞起来的抱抱，转圈圈的抱抱，我的老公超帅，笑起来时超帅，牵我手时超帅，'摸头杀'时超帅，我的老公最棒，是我崇拜的对象……"唱完还噘着嘴向我爸索吻……

我爸总是露出苦涩的微笑。

吃饭的时候，趁我妈去厨房拿碗，我爸压低声音跟我和我妹说："你妈是不是疯了？她唱完歌就噘着嘴要亲我。"

我："怎么啦，对你热情还不好？"

我爸："你没听说过吗？中年夫妻亲一口，噩梦能做好几宿。"

我：“不至于吧。”

我爸一脸绝望：“不说了，我遇上中年危机了，你俩好好吃饭，快点长大吧，带我离开这个家。”

4

在小姨的水果店里。

当时店里除了亲戚，还有很多顾客。

我意气风发地说：“啊，我今天早上一称，又比昨天瘦了五点五两，我的减肥计划很成功！”

我妈：“你把屎拉得有多到位你自己心里没数吗？”

我：“……”

某天早上。

我从卫生间出来，上秤称了称体重，大惊：“妈，好神奇！我拉了半小时的屎，为什么体重没变！”

我妈瞥了我一眼，说：“你是不是拉裤子里了？”

我：“我没有！”

我妈：“那你拉完揣兜里了？”

我：“我有病？”

我妈：“那只有一个可能。”

我：“啥可能？”

我妈：“你又吃进去了。”

我：“……”

5

我妈每天对我的态度是渐变式的。

上午是笑嘻嘻的，到了中午就开始变脸，到了下午就瞅我瞪我，到了晚上就想把我掐死……然后第二天上午又是笑嘻嘻的，过了中午又开始瞅我瞪我，晚上看见我就想掐死我……

周末中午起床，我打开卧室门，看见门上贴着纸，上面写着“猪圈”，我回头看了一眼房间，是挺乱，但我就不收拾，就不收拾……

第二天我一推门，我妈立刻把客厅音箱打开了，循环播放她的录音：“注意注意，有野猪出没。注意注意，有野猪出没。注意注意，有野猪出没……”

我：“……”

我妹笑得差点从沙发上掉下来。

6

我妈问我：“你知道你小时候有多可爱吗？”

然后她就讲了一堆我小时候的可爱事迹，挑几个讲吧。

我四五岁的时候吧，我们在老家农村还没走出来。

吃过饭我妈带我出去遛弯，回来的时候看见我们家锁被黑袋子包着。

我妈纳闷：“这锁怎么了？”

我：“出门的时候我给包的，你走太快了，我想锁上，又怕你没带钥匙，我不锁，又怕小偷进来。我用黑袋子套上，小偷就看不见了。”

我妈带我下地干活，大夏天的，我妈锄草，我在树荫下乘凉。

那时候我妈年轻，干活不休息，我让她歇会儿，她不歇。

说了几遍都不听，我走到她跟前，生气地说：“小范！你到底听不听我话？！”

庄邻都叫我妈小李，只有我叫我妈小范，她姓范。

我妈：“我不听你话又怎么样？”

我大叫：“你不听我话！我找个对象，我就跟她跑了，让你再也找不到我。”

我妈：“……”

刚来昆山那会儿，还是很苦的，是我妈苦，她每天卖糖葫芦卖到半夜，然后又不舍得打车，就步行回来，到家已经很晚很晚了。

有一次我从学校回来，我兴致勃勃地跟我妈说：“妈，我们学校门口有个卖串串的，买的人可多了……”

我妈：“你是不是想吃？”

我：“我不想吃，我就是想跟你说说。”

第二天上学的时候，我妈：“给你两块钱，去买串串吃。”

我看了会儿我妈手里的两块钱说：“那我拿一块吧，我买一根尝尝就行了。”

然后我就拿了一块钱上学去了。

晚上放学回来，我妈也回来得早，给我洗衣服时发现我的一块钱还在兜里，问我：“你怎么没买串串？”

我说：“我想了想还是太贵了，我还是不吃了吧。”

我妈说她一转脸就哭了。

1

我小时候，摔倒了，撞到了头，哇，好痛，一摸头，哇，好大的包，感觉自己又长出半个头，火辣辣地疼……

这时我耳边响起了妈妈昔日的话语：男子汉大丈夫，摔倒了不能哭！

我瞬间坚强起来，忍住了眼泪，顶着个大包去找我妈了，想求表扬。

我妈看了看我头上的包说：“哟，这么大，厉害，你不是一直嚷嚷着要买那个书包吗，现在如愿以偿了，有包了吧。”

我：“……”

这个妈不值得我坚强，于是我哇地哭了出来。

以前我读大学那会儿，放暑假在家。

我妈带我妹从我小姨那儿回来，我妹一进门，看见我，小胳膊一伸，撇嘴哭了起来。

我：“哟哟哟，咋了？咋了？你们欺负我宝妹了？”

我妈：“不听话，被小康（我姨弟）给训了一顿。”

我：“竟然训我妹，明天我揍他！好啦，不哭啦不哭啦。”

我在电脑前工作，她缩在我怀里一抽一抽的，哭一会儿，歇一会儿，眼泪淌个没完没了。

我心疼地叹了口气说："我们芊卉可真受委屈了，看这哭的……这要是我开学了不在家，可怎么办呀。"

她往我怀里蹭了蹭，说："你不在家，我不哭的。"

跟我妈逛街，我妈买了个冰激凌。

没等我要，我妈主动说："给你吃一口。"

我咬下一口。

还没来得及吞下去呢，我妈："再来一口。"

哦哟，感动，妈妈的宠溺，我都有点不好意思了，哈哈。

我又咬了一口。

我妈："好了，剩下都是我的了，可别再问我要了！"

我："？"

亲戚来我家聚餐。

三个小孩，争两个奇趣蛋。

我妈跟我妹说："给弟弟妹妹吧，你大了。"

我爸："都多大啦？这种是幼儿园才玩的。"

亲戚们也说："让给弟弟妹妹吧，我们芊卉是大姐姐了，最懂事了。"

我妹就很难过。

我把她带了出去，带到超市，找到奇趣蛋，说："拿吧。"

我妹突然委屈起来，带着哭腔说："我不要，爸爸知道了会凶我的，大孩子不能玩这个了……"

我帮她拿了两个："不对，大孩子要玩两个！"

然后就抱着她走了。

她立刻开心起来。

保护妹妹，不仅要保护妹妹免受坏人的伤害，有时也要保护妹妹免受亲人的伤害。

5

某日。

我妈一本正经地问我："我衣服从阳台掉下去了，你能帮我捡一下吗？"

我："真的假的？"

她："真的。"

我："哈哈哈，当然不能。"

她："我就知道不能，所以我问你之前已经把你的鞋子扔下去了。"

我："……"

6

我妹上幼儿园那会儿。

她咬水笔的笔芯玩，咬破了，满嘴的墨水。

我爸看见了，气得瞪眼，凶她："你看你皮的！你还想把自己毒死呢？！”

我妹一听，毒？死？哇地哭了出来，跑来找我：“哥哥，救我！哥哥，救我！哥哥，救救我……我会死的，我会死的……”

我看着她哭得都没声了，一直往外吹口水，心疼得要命，心想，坏了，这岂不是要洗胃！

我爸跟我妈吵了起来，指责对方没有看管好孩子……

我抱着我妹，在她嘴角舔了一口，舔得我满口墨水：“不会死的，不会死的，你看哥哥和你一样啦，哥哥好好的。”

她立刻就不哭了，躲在我怀里乖乖的。

去年我拔智齿。

为防止感染我就用康复新液漱口，康复新液这东西就很神奇，干了之后，皮肤上有一股屎味。

有次我用完康复新液，手上沾了不少，心想反正是消毒用的，不脏，就没洗。

然后陪我妈逛街，吃饭。

我看见她吃东西时头发掉进了碗里，就用手帮她撩，她眼睛睁得老大看我……

我：“咋了？”

她：“你扣屁眼了？”

高三快高考的时候，那时候我抑郁最严重，去看心理医生。

我带我妹去的，那时候我妹也才四岁。

和医生交谈结束时，医生最后叮嘱我："远离让你不爽的，多找点开心的事。"

我："好像没有让我开心的事。"

医生："一件也没有吗？"

我："一件也没有。"

医生："也正常，那多晒晒太阳。"

我："唉，一天到晚在教室里，就下午课外活动有时间，太阳也下山了。"

医生拍拍我的肩膀，我便带我妹回去了。

晚上，我晚自习回来，已经是十点了，我坐在书桌前埋头做题。

我妹走了过来，钻到我怀里，笨拙地爬到我腿上，又爬到我桌子上的作业上，两条小肉腿把我的作业蹂躏得乱七八糟，接着又爬到了我的桌子一角，靠在墙角，舒舒服服地坐下了，啃起了手里的小饼干……像极了熊猫在啃竹子。

我没心情搭理她，闷头做题。

我做了多久，她就在桌角靠着墙坐了多久，手里的小饼干也啃完了，满嘴的饼干渣，安安静静地也不说话。

我问她："芊卉，你在这儿干吗呀？"

她突然开口："哥哥，我是你的小太阳。"然后张开双手，"我就坐在这里给你晒晒太阳。"

我心里蓦地涌出一股暖流。

当时她才四岁欸！她竟然把自己想象成小太阳，然后把自己放在桌子上给我晒太阳！

9

你很想念一个人会怎样？

我妹很想我是这样的——

以前我离家回大学，我妹就会闷闷不乐的，情绪低靡，食欲不振，就一副“哥哥不回来我就不可能开心”的样子。

我妈问她：“宝贝，你怎么啦？”

我妹靠在我妈怀里说：“想哥。”

我妈：“走，带你出去玩去。”

我妹：“想哥。”

我妈：“作业做完了吗，给我检查。”

我妹：“想哥。”

晚上睡觉。

我妈：“你现在心情好点了吗？”

我妹：“想哥。”

哈哈哈哈哈，我妹可爱吧？

我刚离家那两天，她就只会说两个字——想哥。

有次我爸凶她：“你连饭都不吃！你看你那熊样，你哥可不想你！”

她瞬间满脸眼泪：“呜，想哥……”

下面分享两个我爸和我妈的甜蜜日常。

我爸有很多拜把子兄弟，经常在家说：“我最近又拜了一拨兄弟。”

兄弟多，聚会自然很多。

但我爸是唯一一个会带老婆去参加兄弟聚会的人。

我爸：“反正交了钱，去两个人，比我一个人划算。”

有次是我爸新拜把子的兄弟的饭局，叔叔们都没见过我妈。

我妈去得晚，菜都上齐了，我妈才出现，其中一个没见过我妈的叔叔大叫：“哎，哎，你谁啊，走错了吧。”

我爸站起来朝我妈欢乐挥手：“没错没错，我的人。”

某晚，我妈和我妹在客厅看电视。

我爸在卧室叫了一声：“宝贝，过来。”

我妹屁颠屁颠跑去了。

我清晰地听见我爸说：“出去，叫你妈过来。”

我妹撇着嘴回来了，很委屈地坐到我腿上，哈哈哈哈。

我抱着她说：“不怪你不怪你，谁能想到老爸这么油腻叫老妈宝贝啊。”

我爸其实是想让我妈给他摸背助眠呢，不然他睡不着，或者说是睡不香……

还有一次我爸在卧室大叫：“老婆，来帮我个忙。”

我妈在用白醋泡脚，我就代她去了。

我一推开门——

我爸瞪我：“你看都看了，能不能别问。”

我：“哦。”

我爸：“你这个变态，让你妈来给我摸背。”

我：“……我妈在泡脚。”

我爸：“那我等她。”

后来我爸学聪明了，叫宝贝，我妹会误会，说帮忙，我会误会，所以后来我爸再叫我妈给她摸背，直接就叫：“老婆，请你本人亲自来哄我睡觉。”

智商被碾压的感觉 2.0 版本

1

我妈得了胆囊炎，医生建议她切除胆囊。

她表示拒绝。

出了医院，我问她：“干吗要拒绝呀？”

她：“你是不是傻？”

我：“咋了？”

她：“切了胆囊，我胆子就变小了。”

妈妈，告诉儿子，你是认真的吗？

2

我：“妈，赞助我买个车，人家都有车了，就你宝贝儿子没有，你能有面子吗？”

我妈：“你想要什么车？”

我：“德系美系都行，就不要日系，你看着办。”

我妈：“我给你买个欧系吧。”

我寻思还有欧系车？心想我妈指的可能就是欧洲产的车吧，那档次可不低啊，感觉欧洲没有低档车啊。

我欣然同意。

一个月后，我喜提一辆欧派电动车。

3

跟我妈在店里，准备回家时，外面还是阴雨连绵。

我妈拿着旧报纸和硬纸板，做起了手工。

我："妈，你在做什么？"

我妈："给你做个斗篷和披风挡雨呀。"

我看着我妈认真的样子，心想这就是母爱吧，只有妈妈才会担心我被雨水淋，怕我感冒。

做完后，我妈用胶带一点一点给我穿戴在了身上，虽然很奇怪，很丑，很可能还是会被淋湿，但是这就是妈妈的心思啊，是妈妈的爱啊，虽然挡不了雨，但是能温暖心窝。

我穿戴好报纸斗篷和披风站在门口等我妈。

我妈锁上门后，从包里掏出一把伞说："这伞有点小，就够我一人打的。"

我头也没回，冲进了雨中。

4

我减肥那段时间因为某事心情不好，在房间里没怎么出来。

我妈问我爸我怎么回事。

我爸自以为是地答："减肥失败了，难受着呢。"

我妈走到我房间来很认真地安慰我说："减肥失败怕什么呢？你瘦了就能好看了？怎么可能？还不如开开心心吃呢。"

5

小学二年级的时候。

我有一哥们，认识各种车标，在路上一看见车就骄傲地说：“这是本田，这是宝马，这是奔驰，这是雪弗兰，这是东风标致，这是法拉利，这是……”

小孩子嘛，就喜欢攀比，我觉得我不认识这些车标就很没面子，没法混了。

但我又觉得这些车标都记住，太难了，所以我决定“弯道超车”。

有次我这哥们指着一辆豪车说，这是某某车，全国不超过十台。

我：“多少钱？”

他：“一百多万，不到两百万吧。”

我：“过几天买一辆。”

晚上回到家，我：“妈，明天书本费两百万。”

和女朋友吵架，我情绪激动，凶了她，并且用手指了她。

她说我不爱她了，突然看到了我不爱她的样子，哭得一抽一抽的。

我为了表示我的爱，把卡里所有的钱都转给她了，出门吃饭都只能靠她买单。

然后我跟她打赌，又输了两百。

我实在没钱，但为了还债，转了两个一块钱给她。

她说：“赖皮，为什么不是两百，就要两百。”

我：“两个一，代表一生一世啊。宝贝，你不要我的一生一世，而要那区区两百？”

她愣了一下，突然笑起来说：“嘿嘿，真好，我收下灰灰的一生一世啦！”她听我这个解释竟然很开心，说喜欢一生一世这个说法。（真傻，好骗，哈哈。）

我妈就在旁边，斜眼瞅我，阴阳怪气地嘲讽我，因为我老家徐州的嘛，她就说：“呵，我就服徐州男人，屁钱没有，能哄能骗，还会做思想工作。”

这事儿是我女朋友告诉我的。

一天，她陪我妈在沙发上看电视。

她想我了，就给我发微信语音说：“亲爱的，你的小宝贝想你啦。”

然后我妈也不甘示弱，拿起手机给我爸发语音：“亲爱的，你的老宝贝想你了啦。”

老、宝、贝？然后两人相视一眼，笑得抱在一起……

我妈开车，我坐副驾驶。

堵车，遇到一个塞车的，加塞我们前面去了。

我妈：“我开车最烦两种人，这种塞车的是其中一种。”

我：“另一种呢？”

我妈：“不让我塞车的。”

我：“……”

1

在老家，和我妈在村子里溜达。

一只狗冲我们狂吠。

我妈拳头一攥，向狗冲去，我一把拉住她的手：“妈，你干吗？”

我妈恶狠狠地道：“教它做狗！”

我：“……”

2

和我妈开车在村里溜达。

路上没人，我一脚油门下去，车飞奔起来。

我妈惊呼：“哇哦！刺激！”

遇到路口，我缓踩刹车悠悠拐弯。

我妈骂我：“废物！”

我：“嗯？”

我妈：“开了这么久的车，还没学会漂移？”

我：“……”

3

我妈：“隔夜菜不能吃。”

我：“为啥，明明晚上刚做好的饭，过了一夜也才十个小时，就不能吃了？那我早上做的饭，为什么到下午还能吃？是因为菜怕黑吗？”

我妈：“不是。”

我：“那你倒是给我个完美的解释，不要说是什么专家说的，电视里看的，老祖宗传下来的。”

我妈：“因为菜熬夜了，不健康。”

我：“……”

4

我跟我女朋友吵架，我女朋友扒了我一下。

我：“妈，那个女人竟然跟我动手！”

我妈：“跟你动手怎么了？你是忘了我有多喜欢我儿媳妇了，还是误以为我稀罕你？”

我：“自己亲生儿子都不稀罕？”

我妈：“你这么大错觉？”

我：“关键她打我，我没还手！我一动没动！”

我妈：“地球在自转，所以你动了，滚！”

我：“……哦。”

5

我大一没谈恋爱，我妈比我还着急。

陪我妈逛街，我妈看着一对对情侣，感慨道：“你看看，你看看，这些个长得那么丑的小伙子，都找到对象了，而且对象还都那么漂亮，你怎么就没找到啊！”

我：“天道不公啊！”

我妈：“就是就是，明明你长得比他们还丑。”

我：“……”

6

我：“妈，为什么老打我？”

我妈：“因为爱你啊。”

我：“爱我就打我？你自己信吗？”

我妈：“不爱你的话，那不早就把你打死了吗？”

我：“……你别说，还真挺有道理！”

刘亦菲版《神雕侠侣》热播那会儿，爸妈一时兴起去拍婚纱照，带着十岁的我。

我妈问摄影店老板：“你们店能拍神雕侠侣风格的婚纱照吗？”

老板说：“杨过和小龙女的服装我倒是可以帮你们找到，但是这个雕……我们没有啊。”

我妈指了我一下说：“哦，我带来了。”

站在一旁的我一脸困惑：“妈妈，我是来当雕的？”

8

有次我倒退着走路，不小心撞到了我妈。

我："Sorry，妈咪，我没看到你在我后面。"

我妈白了我一眼："你屁眼白长啦？"

我："……"

9

我妹妹大口吃饭的时候。

我妈："我们家宝贝真厉害啊，吃多多，长高高。"

我大口吃饭的时候。

我妈："猪妖转世？"

10

我爸真的很会哄我妈开心。

有次我惹我妈生气了，我妈窝着火，看啥都不顺眼。

我妈在客厅找东西，突然发飙："一个个的都眼瞎吗！这满地的垃圾，都等着我清吗？想把我累死？我不清理就没人清是吗！"

我爸迅速站了起来，把坐在沙发上的我拖到了门外，然后跑过去抱着我妈一脸嬉笑："老婆，'垃圾'已经给你清理出去了，别生气了呀。"

我妈扑哧笑了。

我爸也开心地笑了。

我站在门外，露出了苦涩的笑容。

11

我剪了个新发型。

我妈看见我后，狂笑，然后捂着胸口喊疼，笑岔气了。

我：“至于吗？”

我妈：“你特别像鲁迅文章里写的那个。”

我：“你够了，我哪里像闰土！”

我妈：“我说的是那个猹。”

我：“……”

有次爸妈吵架。

我妈越吵越气，挥拳欲击，我爸一把抓住她的胳膊。

我妈：“你给我放开！疼死了！”

我爸：“我就不放开！”

我妈：“你放不放？”

我爸：“我死也不放！执子之手，与子偕老。”

我妈扑哧笑了。

牛啊，老李，哄女人真有一套！

有次我也学这招。

我妈跟我吵架，被我气得要死，抬手要扇我，被我一把抓住胳膊。

我妈：“你还敢还手？”

我握着我妈的胳膊：“执母之手，孝母到老。”

我妈抬起另一只手扇了我一巴掌：“你废话真多！”

我：“……”

13

和爸妈一起走亲戚。

晚上在亲戚家住，亲戚家里枕头不够用。

第二天早上，听说枕头不够用，我就想着把我的枕头给我妈送去吧，她没枕头肯定很难受。

我进了我爸和我妈住的房间，发现我爸已经醒了，正在单手玩手机。

我妈正枕在我爸的另一只胳膊上熟睡。

我刚要说话，我爸死死瞪着我，好像在说：快滚出去，别把你妈吵醒了！

我麻溜退了出去，吓得我差点发出一声狗叫。

14

有次我爸和我妈吵架。

两人冷战，谁也不理谁。

我爸为了跟我妈缓和关系，求我当和事佬，帮帮忙。

我：“爸，这事简单，我妈不理你对不对？你听我的，你现在去找她，不管她在干啥，你脸对脸盯着她的眼睛看，不出十秒，她一定会扑哧笑出声来。”

我爸：“好，我去了。”

我妈正在看电视，我爸走到她前面，弯着腰，脸对脸，相隔二十厘米，盯着我妈的眼睛看。

“把你的臭脸给我挪开！”我妈生气地道，把脸转向一边。

我爸一口亲了上去。

我妈扑哧笑了。

呵，老爸，这招亲脸我可没教你啊！

我妈的梦想是开一家花店。

我爸却总说，花店可不是那么好开的。

不管在哪里，每次经过花店，我妈都会进去欣赏一下，看看花店的布局、装修，和老板聊聊行情，再买一些盆栽回家。

我妈买盆栽的第一标准就是好养活，不会死。

我爸几乎不给我妈送花，因为他觉得花又贵又不实用，他更愿意花钱给我妈买些金首饰和好吃的。

有一次情人节，我妈看见朋友圈都在发玫瑰花，既羡慕又失落。

我妈无奈地跟我说：“唉，我这辈子，想要束玫瑰花那是不可能了。”

我：“你可以暗示我爸，你得隐晦地让他知道今天是情人节，你想要花。”

我妈：“好，我暗示一下。”

我妈暗示完，十分激动，期待着我爸的表现。

晚上我爸回来后，手里提着芹菜和猪肉，兴奋地冲我们说：“今天情人节，咱们包饺子！”

我妈：“……”

我爸不喜欢给我妈送花，但谁要说我爸不懂浪漫，我第一个跳出来反对。

有一天，我爸把我和我妈带到一家花店门前，笑着不说话。

我妈两眼放光："干吗？你要送你老婆花了？"

我爸笑着摇摇头，又点点头。

我妈走进花店指着一种花说："我要这个。"

我爸点头说："好，你的。"

我妈："从来没买过，多买几样吧，这个我也要，还有这个，这个。"

我爸点头说："好，你的。"

"真的假的？"我妈有点不敢相信，然后开玩笑似的笑着说，"那我全要了。"

我爸点头说："好啊，你的。"

我妈蒙了："什么？"

我爸："这是我给你开的花店，全是你的。"

我站旁边都激动得要哭了，开花店是我妈一直以来的梦想啊。从十九年前，刚来苏州带我走街串巷卖糖葫芦开始，我妈就说：我想开一家花店，我要开一家花店……

我妈原地转了两圈，眼泪哗哗掉："真的假的？"

那是我在电视剧以外，第一次看见有人幸福到哭，那个人是我妈，被我爸感动哭了。

这花店原本是我爸朋友的，他朋友的母亲重病，急需用钱，我爸就把这店盘了过来，又花了几万块钱装修，送给了我妈。

后来花店维持了一年多，由于经验不足，经营不善，亏损严重，就关了。我妈伤心得呀，原本那么乐观的人，难过到不愿吃饭，想吐，整天躺在床上睡觉……

我爸给她买了很多健胃消食片，趴在床头安慰她说："这就是我一直不喜欢送你花的原因，花会枯萎，你就会难过。"

16

我爸不管送我去哪里，都会等一会儿。

小时候，送我去上学，我进入学校了，他会在门口站着，等一会儿。

有次我问他："爸，你怎么还不走啊？"

他挥挥手示意我进去，说："你不用管，我就站着看看。"

我爸送我去车站。

我进站了，他会在车站外待一会儿。

我："爸，你回去吧。"

他："没事，抽根烟。"

我爸开车送我去外面办事。

我下车后，他会在车里坐一会儿。

我："爸，你回去吧，开慢点。"

我爸："你去忙吧，我等会儿再走。"

以前我总觉得我爸很奇怪，我已经走了，他还要等一会儿，在等什么呢？

后来才明白，他在等"万一"，万一我有事，需要他的话，回头就能找到他。

那我怎么办呀

1

我大学刚开学时。

我在大学教室里跟我妈视频聊天。

聊着聊着，我妈一脸担忧：“儿子，我真的好担心你啊！”

我安慰她：“不用太担心，我会照顾好自己的，而且交了个好朋友，能互相照应，挺好的。”

我妈：“你要小心点，你看你头顶那个大吊扇，狗头不要被它削掉了。”

我：“……你担心的是这个？”

我刚上大学，还没恋爱的时候。

我妈：“我梦见你谈恋爱了，你刚打完球，你女朋友在篮球场上帮你捶腿放松。”

我：“哟，还挺浪漫的。”

我妈：“一不小心把你腿捶断了，然后哭着给我打电话道歉……”

我：“这……”

我发出一声单身狗的叹息：“唉，哪有什么女朋友啊，梦和现实都是反的。”

我妈：“那……那你谈的是男朋友？”

3

我恋爱后。

我妈：“带你女朋友来家里玩啊，我给她做点好吃的，提前培养培养婆媳感情。”

我：“问了，人家说不好意思，女孩子嘛，很害羞的。”

我妈：“害羞啥呀，害羞就让她带墨镜来！”

我：“……”

我妈和她姐妹约着去逛街，把我也带着了。

她姐们在微信上发来一处定位和一条语音问：“这地方有点绕，我们在……你别走错了。”

我一看定位，这地我熟啊，自信地道：“什么绕不绕的，别听她们说得花里胡哨的，包在我身上，十分钟到。”

我妈看了我一眼，自信地给姐们回了条语音道：“没事，我有导盲犬。”

我：“……”

我在小姨的水果店里帮忙，想去外面上厕所。

我问刚从厕所回来的老妈：“妈，外面雨势如何？”

我妈：“毛毛雨。”

我是能不打伞就不打伞的，于是我直接就出门了。

我到大门口一看，哦嚯，这雨量能把我身上多年的老灰给冲掉！

我跑回去拿伞，问我妈：“妈，你不是说是毛毛雨吗？！”

我妈：“对呀，大毛毛雨！”

我：“……”

6

我：“妈，全国有一个统一的现象，就是孩子没回家，父母都说想，一回家超过三天，就各种骂——起床骂，睡觉骂，吃饭骂，干活骂，不干活也骂，在家骂，不在家也骂，反正各种骂……这能有利于孩子的心理健康吗？这能有利于亲子关系吗？这能有利于家庭和睦吗？所以你以后能不能别骂我了？”

我妈想了想，突然发飙：“别人都骂，我凭什么要委屈自己！”

我：“……”

快要中考的时候，自恃成绩好，整天吊儿郎当。

我妈语重心长地跟我说：“中考你给我严肃点，好好考，其实在你之前我们有过一个小孩，就是因为中考没考好，掐死了。”

我：“……”

高考的时候，我压力很大，整个人状态很差。

我妈很洒脱地跟我说："高考也就那么回事，再牛也就一次考试而已，现在整个社会都过度重视了，弄得紧张兮兮的，考不好也没事，跟我混，有我一口肉吃，就有你一个碗刷。"

我："……"

⑧

大一的时候，我严重抑郁。

我："妈，我不想上学了。"

我妈："回来呗，国家也不差你一个本科生，多大点事，你要想好了，过两天我就去学校接你。"

我："妈，以后我不生小孩。"

我妈："不生就不生，养小孩累死个人，中国缺人口啊？不缺！"

我："妈，我想去流浪，一边打工一边流浪。"

我妈："不流浪，妈给你钱，玩呗，咱有的是钱。"

我："你有那么多钱吗？"

我妈："咱有房子，值三四百万呢，卖了再买个小的，剩下的都给你，去给我玩！"

我："妈，我不想活了。"

我妈一愣，撇嘴哭了，嘴哆嗦着，像个孩子一样，急得哭了起来："那我怎么办呀？"

⑨

晚上我们一家子在客厅看电视。

我妈翻看老相册，翻到一张她和我爸的合照时，不禁感慨道：“我年轻的时候可真漂亮啊，这眉眼，这双眼皮儿，这尖尖的脸蛋儿，多像勾魂的妖精啊！”

我爸凑过去看了看说：“我也不错啊，看我年轻的时候多帅啊，可惜就是被勾了魂。”

我：“有狗粮！汪！”

我妹：“汪！”

10

爸妈一起坐在餐桌旁择菜。

我爸看着电视，我妈不知为何，一直出神地看着我爸。

我爸发现了，跟我妈说：“你不知道，一个女人不可以一直盯着一个男人看吗？”

说完就直接在我妈的脸上啄了一下。

我妈难为情地羞笑了起来。

目睹了一切的我：“啊啊啊啊啊，妹妹，有狗粮！”

我妹：“汪！”

我们小区里有个流浪汉，在我们小区生活很多年了，没做坏事，物业看他可怜，也没有驱赶他。

我妈经常给他送些吃的、旧衣服、被子，他那破旧的帐篷里，堆的几乎全是我家的旧衣物。

我爸常说，要是没我妈的好心肠，这个流浪汉早就死在某个冬天了。

有次我妹闹小脾气“离家出走”，我妈急得到处找，最后在全家便利店找到了我妹。

我妈找到我妹的时候，发现那个流浪汉就蹲在便利店的门口，他大概是在小区里看见我妹哭，不放心，一直跟着，直到看见我妈找到了我妹，才默默离开。

他从没说过话，也可能是个哑巴，但确实也是个好心肠的人。

我爸说：“这种流浪汉我以前见多了，说不定什么时候就吃错东西没了，或者天一冷冻没了。”

这几天降温，昨天我妈又给他送了一床旧被子，希望他能度过一个温暖的冬天。

小时候，有次我把碗打碎了，主动向我妈承认错误。

我妈摸了摸我的头说：“乖宝，没事啊，‘碎碎’平安。”

我很诧异，竟然没凶我？

我妈又接着说：“不管你做了什么错事，只要主动跟妈妈承认错误并改正，妈妈就不会怪你，你就是妈妈的好宝贝。”

还表扬我！

我忽然觉得好感动啊，脑子一热，想了想，说：“妈，你一直找的那个黄金项链，其实是被我带到学校玩弄丢的，我以后一定不会再拿你的东西了，就算拿了，也要先告诉你，经过你同意才拿。”

说完，我看着我妈，期待着再次表扬我。

我妈一个巴掌扇了过来：“今天我就要弄死你！

爸妈庆祝结婚二十三周年纪念日的时候，我妈做了一大桌子菜。

吃饭时，我爸感慨说：“时间过得真快呀，我们结婚的场景，好像就在前两年。”

我妈：“可是二十三年已经过去咯，再来二十三年，就要入土咯。”

我爸：“呸，说点好听的！”

我妈：“好好好，你说得好听，你说。”

我爸：“二十三年，儿子比我高了，女儿也有了，我爸不在了，好多东西都变了。”

我妈：“是啊。”

我爸：“可有一样没变。”

我妈：“什么没变？”

我爸：“我俩的情谊没变，我还是和二十三年前一样稀罕你。”

我妈红着脸笑着看着我和妹妹说：“就说你爸会说嘛。”

我读大学的时候。

我妈：“哎，你外套怎么这么粉粉嫩嫩的？”

我：“跟我偶像周杰伦学的，怎么了？”

我妈：“大老爷们怎么不跟人家学点好？”

我：“我就想当个小公主怎么了？”

过了一阵。

我妈：“哎，你这羽绒服确定不是女款？”

我：“中性款，今年就流行这个。”

我妈：“哎，你怎么用粉色的杯子啊？”

我：“好看。”

我妈："男生用粉色的好看？你现在不会内裤都穿蕾丝花边的吧？"

我："……你还管我穿什么样的内裤？"

又过了一阵，我恋爱了。

我很开心地跟我妈说："妈，我处对象啦，你儿媳妇有着落了。"

我妈："儿媳妇？男的女的？"

我："……"

4

我小学时学习成绩挺好的，就是不稳定，像过山车似的。

有一次正吃饭。

我妈问我："考试考得怎么样？"

我："哪科？"

我妈："数学。"

我："哪次，一共考了两次。"

我妈："第一次。"

我："九十六。"

我妈："不错，第二次呢。"

我："六十四。"

我妈一脸震惊地看着我，我有点慌："咋……咋了？"

我妈一脸冷漠："没事。"

我："哦。"

我妈喝了口汤，说："赶紧吃，吃完逃命去吧。"

5

我：“妈，你知道吗？每个小孩出生前，都曾趴在云朵上选妈妈。”

我妈：“然后呢？”

我：“我选中了你，所以才来到你身边。”

我妈：“这么神奇吗？”

我：“对啊，我们一世母子，远比你想象的要神奇得多，嘿嘿。”

我妈：“能有多神奇？莫非你是天蓬元帅？”

我：“……”

6

和我妈一起看古装剧，两军厮杀，死伤惨重。

我：“好惨，同胞之间自相残杀，要是我肯定逃跑。”

我妈：“临阵脱逃，死刑。”

我：“那我就躺在地上装死。”

我妈：“古代胜方士兵都是提人头去领赏钱的。”

我：“我宁愿不要那个赏钱。”

我妈看了我一眼说：“提的是你的头。”

我：“哦……”

7

我重度抑郁时。

我妈每次经过寺庙都要进去拜一拜。

她觉得只是许愿是不虔诚的，还要花钱，给佛祖菩萨烧些香火，还要跪得久一些，念上一些经。

所以我常常在寺庙里等她都是一个小时以上。

有次我听见她跪在菩萨面前许愿说：“我愿意用我余生的寿命，换我儿子一生快快乐乐。”

我的天呐！怎么能说这种话！

我生气道：“妈，你不能这么说啊！万一灵验了呢？！”

我妈：“我都许愿了，还怕它灵验？我还怕它不灵呢！”

我生气地道：“你总说这些没用的干吗啊，佛祖不会理你的，还不吉利。”

她却说：“要想从佛祖菩萨那里得到些什么，就要拿些什么去换。”

我“那你也不能拿你的寿命去换啊,哪有拿生命开玩笑的！”

我妈：“我要活那么长干吗？人总归要死的，我愿意换你每天快快乐乐的。”

我：“……”

可是我的傻妈妈啊，没有妈妈的孩子，是不会快乐的。

1

全家一起在外面吃饭，我妈坐我对面。

正点菜，服务员小姐姐就在旁边，我妈突然看着我说："哎呀，我的天，你真恶心，鼻屎都出来了，丢不丢人。"然后伸向我的鼻孔给我捏鼻屎。

旁边还有服务员小姐姐呢，我红着脸一动不动……

等她手缩回来时，我看她手指上没有鼻屎，就问："哎，鼻屎呢？"

我妈："哦，我给你塞回去了。"

我："……"

2

某晚，全家一起看电视，我妈莫名其妙发出了很大的感慨，说："我这辈子真是走了天大的狗屎运，嫁给了俺亲爱的老公，生了全世界最可爱、最漂亮的宝贝闺女。"

我："嗯？那我呢？您走了天大的狗屎运都没我一份吗？"

我妈："有啊。"

我："哦？"

我妈："你就是那个天大的狗屎。"

我："……"

③

我妈和一阿姨去安徽某地参加户外运动。

我有事给她发微信，发现她把我删了。

嗯？什么情况？我一头雾水啊，我没得罪她啊！

于是我打电话给同行的阿姨，问情况。

阿姨问了我妈，然后跟我说："哦，是这样的，你妈妈在这拍了很多照片，她那个手机内存就不够了呀，手机提醒她清理微信，她说跟你的聊天记录太多，就把你删了。"

我："啊？那删聊天记录就行了啊，删我账号干吗？"

阿姨："我也不知道啊，可能怕你又给她发，占内存吧。"

我："那我有事怎么联系她啊？"

阿姨："你跟我说就行，我转告。"

我："也不是什么重要的事，就是母子之间的家常话，阿姨，你让她把我加回来吧。"

阿姨："你妈说了，让你用漂流瓶跟她联系。"

我："……"

④

小学时，我英语老师超漂亮。

有次我爸给我开完家长会，到家后跟我说："你英语老师真好看，长得像明星一样。"

我："她是我们学校最好看的老师。"

我爸："要不，你在家歇两天，我替你去上几天学？"

我："妈！妈！！"

我爸一把捂住我的嘴："明天零花钱加十块！"

我："五十！"

我爸："三十。"

我："五十！"

我爸："二十。"

我："五十！"

我爸："十块。"

我："好，三十成交！"

我拿着一共四十块钱零花钱，激动了一夜，第二天早上，开开心心地准备出门。

我妈："站住！把钱交出来！你爸已经跟我坦白了！"

我："我爸……他坦白什么了？"

我妈："你俩打牌，他输给你三十！你还真要啊！你要那么多钱干吗！"

我："他给我钱是因为……"

我爸突然从卧室里冲出来说："老婆你看，我没骗你吧，他威胁过我的，只要不给他钱，就要污蔑我！"

我妈给了我一个"果然如此"的眼神。

我爸把我送到楼下，嘲讽我道："呵，小样儿，《三十六计》我倒背如流，你跟我斗，三十六计之反客为主，服了没！"

我气得哭了出来，一路哭到学校门口，用全部零花钱买了本《三十六计》。小学三年级的我，天天在学校研究兵法。

5

女朋友在我脖子上亲出了几个“草莓”印。

我妈：“你脖子怎么了？红了好几处，都红得发紫了。”

我瞬间脸红，结巴道：“嗯……呃……嗯……呃……我拔了个罐。”

我妈：“用吸管拔的？”

我：“……”

6

我妈喜欢吃肯德基，我爸从来都不让，觉得不健康。

有次我爸赌钱，被我妈逮到了，我妈气得绝食，我爸天天自责得要死，又是下跪认错，又是把所有钱都转给我妈，又是找各路亲戚来讲情。

但我妈就不原谅，就是不吃饭。

并且每天板着脸，总是摔门而出。

其实就是偷偷去吃肯德基了。

几天下来，肯德基吃够了，老公天天认错，钱也都到手了，气自然就消了，笑逐颜开。

某天早上，我妈心情大好，笑着在那儿称体重，刚好被我爸看见了，我爸问：“奇了怪了，你这几天没吃饭，怎么还胖了两斤多。”

我妈立刻板着脸说：“你还有脸问呢，你都把我气肿了。”

我爸立刻又开始认错，哈哈。

7

高中时，我在淘宝上买了一套情侣装，打算带到学校送给心仪的女生。

激动了一夜，然而第二天早上怎么也找不到情侣装了，翻箱倒柜地找，也没找到，最后上学还迟到了，郁闷得我一上午都没怎么听课，一度怀疑自己的记性——也许我根本就没买?

中午回家，我一开门，看见我爸我妈穿着我的情侣装，坐在沙发上正看电视，我爸那啤酒肚都快把我衣服绷炸了。

我惊讶地睁大了双眼："妈，这……"

我妈冲我假笑："这啥？你有事吗？"

我吓得直摇头，我爸要是知道我买情侣装，非得打死我不可啊。

我妈又笑着问："我们俩的情侣装好看吗？"

我："啊？你们俩的？哦，好看，好看。"

我妈笑道："哑巴吃黄莲。"

我："有苦说不出。"

我妈："过来给我捶捶腿。"

我："好嘞。"

我妈："等会再给我捏捏脚。"

我眉头一皱："啊？很臭的！"

我妈："喀！不如爱情香呗？"

我："我捏！我捏！"

我爸："你俩今天怎么怪怪的。"

我妈："没事，我只是掐住爱情的喉咙而已。"

我："……"

我哆哆嗦嗦吃完饭，哆哆嗦嗦去学校了。

一下午，他俩穿着情侣装油腻的样子在我脑海里挥之不去。

我十来岁的时候，某天夜里大舅突然敲我们家门说：“你们娘俩快跟我走，姐夫住院了。”

我妈：“怎么回事啊！”

大舅：“被几个小混混群殴了，伤了，赶紧走。”

在车上，我妈问大舅：“伤成什么样了？”

大舅：“身上都是绷带，你去看看就知道了，就是脸上伤得有点重，鼻梁被砸骨折了，险些砸到眼睛。”

我妈吓得在车上一直哭。

到了医院。

我们一进病房，就看见我爸在病床上躺着，一动不动，脸被白绷带包得严严实实，只露出两只眼睛和嘴巴。

我妈抹了把眼泪轻声问：“疼不疼？”

我爸轻声答：“你不怪我，我就不疼。”

我喜欢吃米饭，我爸喜欢喝稀饭。

我们家主食不是米饭，有时煮了稀饭，就不会蒸米饭了，剩了太浪费。

有段时间，我爸投资失败，做生意又亏了钱，陷入人生的谷底。我不知道家里到底亏了多少钱，只知道他在当保安，开始抽很便宜的烟。

那段时间，我妈天天煮稀饭，正吃饭，我说："妈，你光顾着我爸，能不能偶尔也蒸点米饭喂喂儿子和女儿，能不能对儿子好点？"

我妈一边给我爸盛稀饭，一边语重心长地跟我说："等你娶了媳妇，媳妇天天对你好。可我是你爸的媳妇啊，儿子，你看你爸人到中年多可怜，爸爸不在了，妈妈又不在身边，媳妇再不疼他，就没人疼他了。"

我爸本来愁眉苦脸的，就笑了。

有一次跟我爸喝酒聊天，我爸酒量不好，老脸喝得通红。

我玩手机，看到明星被曝出轨了，我问我爸："爸，你会不会出轨？"

我爸："我肯定不会。"

我笑："你凭什么这么肯定？"

我爸："我一儿一女，家庭幸福，为什么要那么做？我们离婚了，你和你小妹能开心？"

我："不考虑儿女呢？"

我爸："那我也不会，没人会像你妈那样对我这么好了。"

我："怎么可能，我看那些小三都温柔着呢，好着呢。"

我爸有点激动："那二十年以后呢，谁还能像你妈这样对我这么好？！"

他手一挥，看着我摇摇头说："没啦！"

总会把最好的东西给我们

1

我在宁波上大学。

有次我跟我妈说："妈，我想吃你炒的鸡。"

我妈："那你回来吃。"

我说了一堆不回去的理由。

我妈："那我做好了给你送宁波去。"

我："那没必要！一来一回，车费好几百呢。"

我妈："没事，我过去看看。"

我："别来了，宁波这地方普通的很，除了经济好点，其他没什么意思，一点都不好。"

我妈："宁波好不好跟我没关系，我想看看你。"

我读小学时。

我妈跟我爸玩打手背的游戏，就是一人手在上，另一人手在下，下面的手打上面的手的手背，上面的手躲。

我妈一直输，不高兴了，有小脾气了，我爸一直哄她，教她……

我当时心想，这两人好幼稚啊，我早就不玩这个了！

我爸一脸宠溺:“哈哈,老婆,你这掌法不行啊,得多练练。”

我妈无比兴奋:“好,今天我辅导儿子写作业!”

我:“……”

③

我:“妈,我从根本上解决了,对象和老妈同时掉进水里我该救谁这个世界性难题。”

我妈:“怎么解决的?”

我:“你猜猜看。”

其实我想说,因为我对象会游泳。

我妈:“从根本上解决了?”

我:“对啊。”

我妈:“你找了个男朋友?”

我:“……”

④

我小时候,我妈带我回娘家。

我妈对我外公说:“爸,我小时候你从没打过我。”

外公:“你还想让我打你啊。”

我妈:“那倒没有,就是有点好奇。”

外公:“好奇什么?”

我妈看着正在撒尿和泥修长城的我,说:“这玩意儿,真能忍住不打吗?”

5

我经常陪我爸在外面应酬，他喝酒不能开车，我给他当司机。

我发现，每次我爸不管喝得有多高兴，只要看见我妈打电话来了，就会立刻拿起手机跟兄弟们说：“老婆来电话了，我去接一下。”

其实我爸也知道，我妈打电话给他没别的事，就一件事——催他早点回家。

但他每次却像在接一个很重要的电话。

有次我问他：“爸，你是不是很怕我妈啊？”

我爸：“这话让你说的，我自己媳妇儿有什么好怕的？”

我：“那你看到我妈的电话跟看见领导似的，立马接。”

我爸一时语塞：“我那不是怕你妈……你要说怕，那是怕接电话不及时，你妈一生气，以后就不给我打电话了。”

我：“为啥？不接电话不是更好吗？吃饭的时候打电话催，不烦吗？”

我爸：“烦嘛，是有一点，可是更幸福，你爸我人到中年了，我爸不在了，我妈也老了，没人管我了，唯一还时时牵挂着我的，就是媳妇喊我回家的电话。”

有次我妈打电话给我爸，我看见我爸手机上显示的备注是——“家”。

大四刚开学，爸妈带着妹妹一起送我去学校。

一路上我爸和我妹都很开心，我妈却忧心忡忡的样子。

我：“妈，你咋了？今天不开心？”

我妈：“嗯，不开心。”

我：“咋了，不想去我学校啊？”

我妈：“不是，就是一想到你已经大四了，再过半年你就要实习了，然后踏入社会，我就难过。”

我：“为啥？”

我妈：“因为我贪心啊，我希望我的宝贝儿子永远过轻松快乐的大学生活，不要进入社会，进入社会就会有世俗的责任和各种压力。”

我爸认为应该富养女，穷养儿，所以平时对我的零花钱控制得很严格，怕我有钱了学坏。

初中时，有次放学，我和同学在学校门口买关东煮，那天风比较大，我觉得会有灰尘吹进去，不卫生，我就没买。

回去的路上，同学大口吃着，我就看着他吃。

刚好在路上看见我爸了，我看见他远远地朝我走过来，走近时，我发现他眼眶有点泛红，冲我微微笑。

我：“爸，怎么了？”

他：“没事，回家去吧。”

第二天早上，我发现我爸给我留在桌子上的零花钱多了十块。

8

我妈："老公，以后我手机里不存你手机号码了。"

我爸："怎么了？"

我妈："现在出来一种新骗术，就是先把你的手机偷走，然后破解手机密码，然后利用手机通讯录里的人际关系信息来骗自己最亲的人，这招可太厉害了，那肯定一骗一个准，听说能把银行卡里的钱都给转走，所以我决定把你手机号删了，或者备注成别的也行。"

我爸："不行。"

我妈："你知道什么呀！就得这样干，现在骗子太高明了。"

我爸："我不怕被骗，我就怕万一你在外面出点什么紧急情况，人家想用你手机联系家人都联系不上。"

9

高中时。

有一次饿得头晕，到家后，发现我妈不在家，家里没做饭，我爸躺在床上睡觉。

饥饿的时候，脾气就会变得特别差，我走到我爸床前，大发脾气："你怎么就知道睡啊，连饭都不知道做！"

我爸看着我，愤怒地道："你跟谁说话呢！我欠你的啊！"

我们爷俩就吵了起来，最后我摔门而出。

我知道是自己不对，但当时我既不懂事，也好面子，始终没向我爸道歉。

那段时间，我们爷俩是不说话的。

唯一的互动，就是晚上十点多，我下晚自习，从学校回来，进门后家里悄无声息，都睡了。

我打开门，放下书包，打水洗脚，这时我听见我爸的鼾声如雷般轰隆隆响了起来……

他一直没睡，直到听见我的开门声。

爷爷是个不善言辞的父亲。

爸爸小时候生病或心情不好的时候，爷爷就会给他一颗酥糖，说："吃一块，甜。"

那时候我们家条件实在不好，孩子又多，且好争抢，虽只是一颗糖，但也十分奢侈，是爷爷偷偷藏在兜里的，留着哄那个不开心的孩子。

这一颗糖，能让不开心的爸爸，开心一整天。

爸爸小时候经常假装心情不好，等爷爷发现他，给他一颗糖。

爸爸曾经对我说："我小时候生病，不用吃药，你爷爷给我颗糖我就马上不难受了。"

后来有了我，在我的记忆里，每次我生病或不开心的时候，我爸不会安慰我，有时甚至不问我难过的原因，只是从口袋里掏出一把糖给我。

不是一颗，是一把。

我不喜欢吃糖，最多吃一颗，有时一颗也不吃。

我的抽屉里，堆满了爸爸给我的糖。

二十多年过去了，不知不觉，糖也成了我记忆的一部分，它总出现在我难过的时候。

起初我挺不理解的，爸爸干嘛总是给我一把糖呢，也不问我喜不喜欢，后来大概明白了，一块糖，不稀奇，不昂贵，却是爸爸记忆中最好的东西。

爷爷奶奶在老家生活，我和爸妈定居在苏州。

小时候，爷爷奶奶想我的时候，就给我打电话。

每次和爷爷奶奶通电话，爷爷奶奶很热情，我却总想着看电视，而且每次我都用同一个理由，说："爷爷奶奶，我挂了我挂了，我马上就没有话费了。"

挂断之后，我就津津有味地看起了电视。

印象里，我和爷爷奶奶打电话，说话基本没超过十句。

有一次放假，我和我爸回老家，在爷爷奶奶那儿住了几天。

返回苏州的时候，爷爷送我们父子俩去车站。

趁我爸去买票的时候，爷爷从口袋里掏出一把零钱，不好意思地笑了："嘿嘿，爷爷没什么钱，全是零钱，这三十块钱留给你买好吃的，这三十块钱留给你充话费。"

我妈的外婆，也就是我的外曾祖母。

我陪我妈去看望外曾祖母，外曾祖母问我妈："兰，我给你做的的棉鞋、棉裤、棉袄、围巾、手套，都坏了吧？"

我妈："棉鞋磨坏了，我打了个补丁，难看，穿不出去了，在家当拖鞋使，棉袄和棉裤还好好的，围巾让小孩给扯坏了，手套落在大客车上了，我这脑子不好使，总是丢东西……"

外曾祖母笑着跟我说："你妈呀，小时候天不怕地不怕，没个女孩样，到处疯玩，可野喽，夏天跟小男孩去掏鸟窝、摸鱼、翻墙头，东边河里游泳，也不怕挨揍……就是一到冬天，就不行了，欢不起来了，她怕凉，别的小孩都到处玩，你妈就藏在我怀里，让我给捂捂手捂捂脚，可老实了，一到冬天啊，就成我的乖宝宝了……"

我妈："夏天我是孙悟空，冬天我就是个狗熊……"

外曾祖母说："我再给你多做几身棉袄和棉裤，再做十几双棉鞋，十几副手套，留给你穿，到时候我找人给你寄到苏州去。"

我妈吓得瞪大了眼："十几双？你也不嫌累，你眼神又不好，给我做那么多干吗？又不是吃的东西，你从头到脚给我做一身，就够我用好多年了。"

外曾祖母说："我天天有什么事，不给你做给谁做？闲着也是闲着，我多给你做一些，等下次再坏啊，我可能就不在了，也没人给你做新的喽。"

我妈生气："我不准你说这个，说得我心里难受！"

那年，外曾祖母已经 94 岁了。

外曾祖母已经离开五年多了。

写给你的情书

一些心情，一些想念。

有些来自我自己，有些来自我的朋友。

如果你有共鸣，那就属于你。

情
书

1

我长得普通
也不曾取得什么成绩
喜欢你
是我做过的最特别的事

2

我懒惰平庸不求上进
我浪费了大把时光
浪费了你

3

我不会觊觎更好的人
我只追寻更好的自己
和更好的你

4

我并不能完全理解你
也配不上你
我只是爱你

5

睡啦
希望明天能有好天气
我能有你

6

你是那样闪耀
照亮了角落里的我

1

每次看见鸟儿飞来
我就会想
它脚上会不会有你的消息

2

我总望着窗外
不是看窗外的风景
而是玻璃上的你

书

3

降落在地球上是最美好的事
其次是遇见你

4

小时候贪玩
长大了贪你
这辈子注定没出息

5

长大只有一个好处
就是可以娶你

6

冬天那么冷
外面 7 度
我怀里 37 度
你自己选

LOVE LETTER

7

失眠了
我想托月亮告诉你我的思念
月亮一直没出来

8

我好想你
我希望你也能想我
但不希望你像我一样
想到睡不着

1

你是如此地重要
以至于每每遇到不顺心的事
我都觉得是因为当初遇见你
而花光了我的好运气

2

快乐才不是人生最重要的事
你是

3

没你日子也能过
有你的话
日子会甜一点

4

问你的问题
我已经有答案了
别骗我好吗

5

我想象的爱情里
你一直都是女主角

6

我爱过这世上最好的人
和她干过最坏的事

7

谢谢你来到我的世界
做我的星辰

8

我喜欢……
算了，不说了
没必要给你添麻烦

9

有两个时刻我该会原谅一切
一是将死之时
二是在你怀里

1

十年过去了
你还是我最遗憾的事

2

当我决定离开你的时候
你已经“离开”我很久了

3

如果吵架了
我们一定要很快和好
最好下一秒就和好
毕竟吵架只是意外
相爱才是结果

4

屁大点事都要和你说
是想让你快乐呀
当你笑时
我的快乐就变成了两份

5

这些日子好难熬啊
得大哭一场
或见你一面

6

我快乐不起来
大概是因为
这世上所有的美好事物
都不及你十分之一

7

想起你时
整颗心都是酸的

8

再见到你时
我要给你一个绵长的吻
把没说的话全都补回来

1

月亮呀月亮
今夜能不能把她
送进我梦里

2

看见你我才知道
原来心在剧烈跳动时
嘴里是说不出话来的

3

我要在春天把你娶回家
夏天一起吹空调
秋天一起剥花生
冬天一起晒菊花

4

最最珍惜的
是你和时间
最最期待的
是你和未来

5

昨夜又梦见你
醒来你又不见
但是没关系
我才二十来岁
我还可以等你好几年

6

有时候挺怕睡觉的
怕一觉醒来
我已经结婚好多年了
枕边不是你

7

如果不能做夫妻
我想和你做一世邻居
老了能有个照应

8

想念你的话
我写在日记里
它们和我一样
没有打扰过你

1

在一次次日升月落里
我愈加爱你

2

春
夏秋冬之外
你是第五个季节

3

偷偷喜欢你好几年
偷偷自卑了好几年

4

好想一觉醒来
是十几岁某天的早晨
等会儿去学校，就能见到你了

5

书背了三遍
知识就是我的
想了你一千遍
你也与我无关

6

这世上所有的美好事物
都让我想起你

情
书

7

你生气的时候
我就像犯了错
晃荡到傍晚还不敢回家的小孩

8

是一辈子只会出现一次的奇迹
虽然第一眼看到你时并未发觉

9

我不自律
我沉溺于虚无
我就会吃饭
但我遇上了一个美好的女孩
我得努力
我要配得上她

1

我没有什么理想
你就是我奋斗的目标
每天多努力一点
就离你更近一点

2

想送你好看的衣服
想送你最新的手机
想给你买好吃的零食
可是我们只是朋友
我对你好
只会让你觉得不舒服

3

“你是我人生的倒数第二题”

4

你不在我怀里
我就会想你

5

人生忽然清晰了起来
妈妈是来路
你是归途

6

我要先有你
才能好好生活

7

等哪天我不在了
一定要给我立个墓碑
正面刻我的生平
背面刻你的名字